与桉

著

春山夜雨

苏轼与苏辙

中国友谊出版公司

目录

初发嘉州

朝发鼓阗阗，西风猎画旃。

故乡飘已远，往意浩无边。

锦水细不见，蛮江清可怜。

奔腾过佛脚，旷荡造平川。

野市有禅客，钓台寻暮烟。

相期定先到，久立水溅溅。

第一章

离

乡

正月将过，被茫冬覆盖了数月的京都迎来了乍暖的气息。天蒙蒙亮，慵懒的日光不紧不慢地挪动步子。而在举行礼部试的宫院外，早已聚满了裹着厚衣服、神色紧张的考生们。他们中以年轻人居多，为了准时到达考场，大多是半夜就出发，"熬夜"赶考。

四周的自诵声、交谈声，甚至咀嚼食物声不绝于耳，却也不觉嘈杂。苏辙蹲坐在街边的一处矮台阶上，怀里揣着一个母亲专门准备的丝质布袋，里面的饭食和馍饼是接下来一天的口粮。

旁边还有一个相同的丝质布袋，是苏轼的，而此时的他正在不远处与人嬉笑攀谈。苏辙总能从哥哥明朗的笑声中清楚地判断他们的远近。

过了一阵儿，苏轼回来了，开口便说："子由啊，久坐后双腿会麻痒难忍，你得起身活动下筋骨呀。"苏辙从布袋里掏出扁壶，顺势站了起来："兄长喝水吗？"

苏轼摆摆手，转身望向这条在皇城楼宇的映衬下"贵气"袭人的街巷，想到了遥远的家乡眉山，自己从小生活的纱縠行。

这个点儿，纱縠行里必定已是人头攒动、叫卖声四起。街边商贩笼屉里的鲜菜包子想必卖得不剩几个了。

苏轼从包子的香气中回过神来，见眼前这条街道虽然是车马如龙，却缺了些亲切的烟火气。

转眼一看，苏辙不知何时又坐了下去，身板端直，垂头不知在想什么。

"南边有几个认识的考生，上次在一个高官家里见过。"苏轼又指向另一边，"还有那边一群人，也是来自眉山的，要不过去打个招呼？"苏轼兴致勃勃地问道。

苏辙抬头，见哥哥杵在自己面前左顾右盼，淡淡地回道："不去，这时候还是别寒暄了。"

"起来走动走动嘛，待会儿要跪坐一天呢。"苏轼嘟囔着，又自觉无趣，只得继续在苏辙跟前晃悠。二十岁的哥哥和十八岁的弟弟，性格却是反着来的。

"欸，子由，听说今年咱们这一届的考生很多大有来头。你看，那边墙角坐着的，是欧阳修的门生曾巩，另一边正吃饼的两个人，叫程颢和张载，据说他们学富五车。还有……"苏轼见一旁有人正斜眼瞥自己，小声对苏辙说，

"那人应该就是吕惠卿了，一看就不太好惹，他旁边可能是曾布，据说他们总在一起。"

苏辙抬头巡视一番，说："兄长请看左前方，那个章衡，就是在乡试中让你屈居第二的人。"

"你还真是我的好弟弟，哪壶不开提哪壶。我就不信这次我赢不了他。"苏轼不服气地说。

开始冥思苦想如何赢过对手的苏轼总算暂且安静了，苏辙甚是满意。

此时，主考官欧阳修正在殿试考场中，安排着其他考官摆放试卷，他对身后的副考官梅尧臣说："此次考试特别重要，一定要把那些说真话、抒真情，言之有物的文章留下。"

作为当时北宋文坛的精神领袖，欧阳修早已厌倦了辞藻华丽却表意空洞，似乎不用修辞就不会说话的文章。他急切地希望看到韩愈、柳宗元等人质朴写实的文风重新得以发扬。

"明白，我一定一审再审，绝不漏掉一篇好文章。"梅尧臣保证道。

头一年，父亲苏洵刚带着两个儿子进京参加秋天的初试，就拜见过欧阳修，并将自己的著作亲手呈给这位大人物。除了益州知府张方平的大力举荐，欧阳修还在两人的共同好友吴照邻处看过苏洵的作品，当时就甚是喜欢，还熬夜给皇帝写了推荐信。

此次会面，欧阳修更是欢喜。他知道苏洵在蜀已有名气，文章雄辩严谨、格局宏大，初见发现此人老实低调，而交谈后又觉得其思维活跃，可爱又可敬，仿佛知道这世间的所有事。

在苏洵眼里，欧阳修耳长爱笑，惜才又和蔼，言语中透露着对学者的尊重和敬佩，让他印象深刻。一回到住处，他便迫不及待将自己的见闻分享给了两个儿子。

在欧阳修的引荐下，苏洵认识了不少高官显贵。而苏轼和苏辙也趁着难得的"放养期"逛名街、吃美食，在异地度过了几个月优哉游哉的备考日子。

苏洵在学业上是个严父，任何时候都不忘督促两个儿子好生复习："你们自幼习书，寒窗苦读这么多年，不就为了考试做官吗？若现在松懈，就前功尽弃了！"

苏轼碰了碰一旁苏辙的手肘，低声道："父亲还不是二十多岁才开始发奋学习，凭什么说我们？"

待父亲走远，苏辙一边翻书、吃饼，一边宽慰哥哥："正因为他苦学晚矣，多次榜上无名，才不愿你我走他的老路吧。"

苏轼心里这才平衡不少，从弟弟手上拿了块饼塞进嘴里。

那天夜里，苏轼便梦到了小时候的事。父亲突然说要考兄弟俩《春秋》背得如何，但他俩贪玩，书还没有看完，那种紧张且惶恐的感觉，让苏轼一下子惊醒了过来。

考场完全封闭，空旷而森严，每位考生一个隔间、一方席子。由于屈腿而坐，桌案还矮，苏轼没一会儿就开始腰酸背痛，不得不频繁调整坐姿。突然想到，比自己还高一点的苏辙怕是坐得更难受吧，不过此时他也顾不上弟弟了……

一整天，苏轼的全部脑力都集中于应考，饿了就吃两口自己带的饭食。好在一天的奋笔疾书结束了，出了大门，苏辙主动问哥哥："你的文章写的什么内容？"

"就是之前我们探讨过的问题，关于赏罚制度的。

"可罚可不罚，宁可不罚；可赏可不赏，宁可赏。我觉得很好，但不知道考官如何判。"

苏轼看上去信心满满，此时，他的回答和饥肠的抗议声同步而出。

苏辙难掩笑意，点了点头。

"今天带的煎饼欠火候，不够酥脆，回去给你摊更好吃的，再多加点儿芝麻……走吧，好不容易考完了，找朋友玩儿去？"苏轼兴奋地等待弟弟的回复。

苏辙放慢脚步，想了片刻："咱们还是先回住处吃饭吧，你这肚子，都已经奏了好几首曲子了。"

苏轼大笑一声，接受了弟弟的打趣："行吧，听你的！"

阅卷时间很长，前前后后至少一个月。为了避免判官和考生互通，需要由"书记"将所有考生的试卷重新誊写一遍，去掉考生姓名，再拿给考官批阅。

在一层层的筛选中，一篇文章让梅尧臣眼前一亮，并迅速上报给了欧阳修。欧阳修展开这篇名为《刑赏忠厚之至论》的文章，洋洋洒洒六百余字，立意明确，条理清晰，举例和论述也恰到好处，文无虚张浮夸之感。

年过半百的欧阳修目中泛光，一拍大腿，惊叹："妙啊！太妙了！这正是我想要的文章！"接下来的几天里，他不厌其烦地把这篇文章分享给身边的同僚、朋友，生怕漏掉了谁。

梅尧臣顺水推舟地问："这文章这么好，想必是当之无愧的第一吧？"

欧阳修也觉得第一名非此文作者莫属，但他激动了几天后平静下来，越看这篇文章越觉得"眼熟"。虽然被糊了姓名，但作者的行文风格很像他门下的学生曾巩。

梅尧臣不解："现在都把名字糊住了，各级的监考老师做证，相信没人敢随意栽赃您徇私吧？"

"谣言止于智者，但这世界上，偏偏智者不多啊。"欧阳修陷入了纠结：这要是让自己的熟人拿了第一，难免会招人口舌的。

于是欧阳修为了避嫌，最终将这篇文章判为第二名。

顺利通过了礼部试后，兄弟俩紧接着参加了殿试，最终双双以优异的成绩登进士第。

收到消息的苏家父子三人，在租住的房子里欢呼雀跃。苏洵换上了一件有点皱巴的外褂，沾上水使劲抻了抻，激动地要出门买酒，临行前吩咐苏轼务必写封长信，明日一早就寄，将好消息告诉远在眉山的妻子。

"告诉你们的娘，等你们在京城有着落了，我就回眉山陪她去。要是我走不开，就把她也接来！她还从来没到过这么繁华的地方呢。"

当得知那篇佳作的作者是苏轼后，欧阳修差点把自己大腿给拍麻了，笑着频频摇头："我怎么没想到是他呢？这小子不可限量啊！"

科举落幕，梅尧臣却有一事挂在心上，于是叫来了苏轼询问：

"你在文章中举例说，唐尧曾主动不惩，连说三次'不杀'。但我实在想不起这个典故，还请提醒我一下，此典出自何处啊？"梅尧臣问道。

"哦，这事儿啊，是我杜撰的。"苏轼大方承认了。

梅尧臣不敢相信自己的耳朵，再问："你……杜撰的？"

苏轼回道："编典故也不是我开的先例，当年孔融也编了个典故给曹操听的嘛。"

梅尧臣一时无言以对。这件事很快传到了欧阳修的耳朵里，他对这个"大胆"的年轻人好感更甚，认为他思维活跃、富有创造力。他也毫不吝啬对这位后生的夸奖，苏轼一来信，他便动情地说："读苏轼的信，真是令人欣喜不已，也许我该早早退休，这样他就能出人头地啦！"

欧阳修说到做到，他将苏轼招至门下，而苏轼自然也对这位伯乐敬重有加，希望能在京城一展宏图。

已是京都名人的苏洵，更是因为两个争气的儿子又火了一把。走在路上，有好事者想借机取笑他的屡试不中，便问他："科考难不难？"苏洵早已把自己的失意抛到一边了，扬扬得意地当场作了首诗：

> 莫道登科易，老夫如登天。
> 莫道登科难，小儿如拾芥。

就在苏轼和苏辙的大好仕途即将展开时，家乡眉山却传来了噩耗：苏洵之妻，苏轼、苏辙之母程氏病故。

犹如一道晴天霹雳炸在苏家父子的头顶，三人相拥而泣，顾不得打点在京城的事务，便匆匆赶回了家乡。

苏家父子三人启程赴京前，苏轼、苏辙兄弟皆已娶亲。没想到一年不到，缺了男人的家里墙倾瓦破、凋敝不堪，女主人已去，留下两个年轻的媳妇束手无策。两位乳母正在清扫杂院，见三人回来了，顾不得拭泪，赶紧将他们迎了进来。

"夫人去世前突然激动地念着，说梦见你们在路上了，就快要回来了！"乳母一边拭泪，一边惋惜不已。

这天夜里，苏轼坐在自家小院里，初夏的潮意浸润了夜空和山间，零星的光亮让眼前的瓦屋山平添了几分神秘，这些火光像是来自过去一般。

苏轼手里摩挲着一件棉布短袄，是他大约六岁时，母亲缝制的。那个冬天，家里的生意不好，只得节衣缩食。没钱买新衣服，母亲便亲力亲为，但她从小锦衣玉食，哪里做过什么衣服，一件短袄从初秋一直缝到了初冬，手指被扎了无数个针眼，总算是穿在了苏轼的身上。

他至今都记得那天，母亲有点忐忑地问："儿子，喜欢吗？"

他用力地点着头："喜欢！太喜欢了！"

在那之后，虽然苏轼又有了其他新衣服，但这件短袄一直留了下来，苏轼穿后苏辙穿，他们都穿不上了也不舍得扔掉。

院里的花草早已不如幼时茂盛，只是那几棵低矮的果树仍然长得尚好，鸟雀依然喜欢在低枝上筑巢。母亲时常提醒家人：不准伤害在树枝上安家的鸟雀，这是人与鸟多年以来的默契。

除此之外，她还教导后辈不能翻找地底下的东西，因为它们是前人的、别人的，不能占为己有。

鸟叫声清脆迂回，没了白日里的喧闹。苏轼仿佛回到了小时候，父亲四处游学，母亲坐在屋内的木椅上，伴着屋外喧闹的鸟鸣，教导兄弟俩学习。

在苏轼印象中，母亲虽出身富贵之家，但在夫家从无任何傲慢、怠惰、任性，反而勤恳劳作、智慧理家，将盈余的财物接济同族。当年幼的苏轼希望成为如偶像范滂一样的刚正之人时，她并没有规劝儿子明哲保身，而是表示要当"范滂之母"，以示对儿子的支持。

肩上覆上了一件衣衫，苏轼扭头一看，苏辙自带一把椅子，在哥哥旁边坐好。

屋里的烛光已灭，其他家人都已就寝。兄弟俩沉默着待了一阵儿，苏轼问："这短短一年时间，怎么再回来，我们就和母亲天人永隔了？"

"姐姐去世，父亲和外婆家又断了来往，我们赴京也没个消息，母亲自然是身心俱伤。"苏辙默默地说。

他们回到家乡才知道，母亲至死都未听闻两个儿子高中的消息，这成了苏轼心中最深的遗憾。"如果母亲得知你我中举，是不是就不会死了？"

苏辙转向苏轼，帮他拢了拢衣衫："不可知之事，又何必徒增烦恼呢？"

在苏轼和苏辙看来，他们不过是去了京城一趟，然而生活却让他们一夜长大了。母亲突然离世，父亲也已年迈，他们的世界里除了读书，还多了很多对于家庭的责任和对未来的憧憬。

苏家三父子将程氏埋葬在山坡下一处叫"老翁泉"的地方，因为这里有一汪清洌的泉水，终年不竭，可以"日饮百余家"。

苏夫人的身后事全由苏洵亲自操持，两个儿子想帮忙，他都不放心。妻子下葬后，他在坟冢前泣诉："你我恩爱多年，没想到你却先我而去了！我已经修好了两个墓室，你先住着，等我死后就立刻找你来！"

为母守孝的两年又三个月里，苏轼和苏辙也得以待在家乡，度过了他们青年时期难得的惬意时光。

服丧期满后，苏洵深知两个儿子都将在朝堂之上施展抱负，自己虽然年事已高，无心做官，但他愿随儿子们进京，能谋个差事最好，谋不到也可以安心闲着。

于是，苏家父子将程氏的灵柩安排妥当，便携苏轼的妻子王氏、苏辙的妻子史氏、乳母任采莲和杨金蝉，以及苏轼刚出生的儿子苏迈，安心地离乡赴京。

自此之后，便确是"故乡飘已远，往意浩无边"了。

屈原塔

宋 苏轼

楚人悲屈原，千载意未歇。
精魂飘何处，父老空哽咽。
至今沧江上，投饭救饥渴。
遗风成竞渡，哀叫楚山裂。
屈原古壮士，就死意甚烈。
世俗安得知，眷眷不忍决。

南宾旧属楚，山上有遗塔。
应是奉佛人，恐子就沦灭。
此事虽无凭，此意固已切。
古人谁不死，何必较考折。
名声实无穷，富贵亦暂热。
大夫知此理，所以持死节。

第二章

出蜀

薄雾笼罩着的嘉州江畔，几只木船停泊在岸边，随水流余波轻微晃动。有的船刚靠岸不久，穿着薄褐衣的船夫歇口气，吃上几口冷食。有的船上则有人来来回回搬运行李，船身渐渐被一个个木箱压入水里。

苏洵站在岸边，向前来送行的亲友告别："这一去，恐怕再回来，就是我的棺木了，荆妻之墓还劳烦你们照看，那也是我的归来之所……"说着再次提袖拭泪。忽见船夫搬着一个沉重的大木箱，走得跌跌撞撞，他惊呼道："当心！这个箱子可千万不能摔啊！"

苏轼和苏辙站在几米开外。苏轼整理着方才搬东西上船时被江水打湿的白衫，指了指父亲的箱子问苏辙："那个箱子里装的究竟是什么，让父亲这么宝贝？"

"自然是那些书。"苏辙回道。

"要是船够大，父亲恨不得把来风轩里的书都搬走吧？"苏轼笑道。家中书房来风轩藏有苏洵的所有书籍，它们也多是兄弟二人幼时的学习"教材"。

"那箱子里，必然少不了《周易》，父亲最近痴迷得很。"苏辙肯定道。

自从妻子去世，苏洵常与两个儿子谈及生死之事，这是以往不曾有的。他还花了大部分时间埋头钻研《周易》，似乎找到了新的人生志趣。

伴着蜀中十月微凉的秋风，苏家一行人带着他们简了再简却依旧满满一船的行李，从嘉州出发，由长江三峡出蜀。这次时间充足，又有女眷可以打理生活起居，于是他们打算边走边游玩，领略沿途的风景和古风遗迹。

"兄长这次坐船出行，有什么期待吗？"站在船头，苏辙问哥哥。

"据说屈原是秭归人，也生长在长江边，我很好奇江边的人们是怎么生活的，会不会每天划船、捕鱼，逍遥快活？听说三峡雄途险滩，江边怪石嶙峋、草木疯长，不知道和我的老师张易简道士的隐居之地是否相似。我实在太好奇了！"苏轼说着，忍不住搓了搓双手。

正说着话，行舟经过了嘉州比肩于山的弥勒大佛，兄弟俩被这尊巨型石雕震撼得不轻。

"眉山离我们越来越远了。"苏轼望着两岸不断后撤的景色，不由得低语道。

"你们年纪轻轻，怎么还多愁善感起来了？看来还是出来得少了，想我年轻的时候，四海云游，对这些也就见怪不怪了。"苏洵在儿媳的搀扶下坐稳，对两个儿子说，"你们的前程就如同这船，日行千里，时不我待。到了京城，也别想着五年十载能回来。"

"还四海云游呢，不就是到处玩儿吗……"苏轼不好当着父亲的面评说，只跟苏辙交换了一个夸张的眼神，"那父亲舍得眉山吗？"

"我嘛……"苏洵轻捻胡须，叹了口气，"等你们到我这个岁数就知道了，很多事情都像那留不住的峨眉，也许在枕席上浅睡一会儿，就已经错过了。所以也不必烦忧，顺其自然吧。"

苏轼在船上有点失眠，不知是舍不得故乡，还是坐船不习惯。

第二天清晨，其他人还睡着，苏轼已经在猿叫和鸟鸣声中醒来，周遭空气湿漉漉的，他约在船头坐了半个时辰。红日渐升，雾气逐渐泛红、单薄、消散，茂密苍翠的山林簇拥在山谷两岸，一座建在江畔山间的高楼出现在苏轼的眼前。

它在猿鸣鸟叫和江涛拍岸的热闹中显得格外静谧，又在绿林红花的映衬中显得更为质朴高洁。

"这是什么地方？什么人建的？"苏轼问手持长橹的船夫。

船夫顺着苏轼的眼神望去。"这是犍为郡的王氏书楼，是这里有名的富豪王家两兄弟王齐愈、王齐万修建的，听说里面藏着他们家族所有的书籍呢！"

"停船！靠岸停船，我要前去拜访一下。"苏轼急不可耐，恨不得一只脚立刻踏到岸边的礁石上。

"客官别着急啊！"船夫伸手拉住他，船开始不规律地晃动起来。

苏辙正巧从船舱出来，瞧见这一幕，忙把苏轼稳住，问："兄长，这是要干吗呀？"

船夫这才解释："两位客官别着急呀，听我说完。这书楼虽然还在这里，但主人和书都已经不在了。前些年，兄弟俩去别处从军，于是把家人和书籍一并带了去，如今这书楼啊，是空的。"

"唉……子由，实在可惜了！"苏轼面对书楼，向苏辙解释了刚才所闻，望着天际感叹道："若有机会，我真想认识一下这座书楼的主人。古人不见悲世俗，回首苍山空白云……不行，我要写首诗去！"

行船沿着岷江而下，在经过戎州时，一行人决定靠岸停船，在此歇一歇。也正好遂了苏轼的愿，看看长江两岸百姓的生活。

戎州位于蜀地之南，彼时已多年无战事，社会相对安宁，汉族人和少数民族居住在一起，克服了生活习惯的差异和语言障碍，相互通商、同居同乐。

只见街边集市人头攒动，小孩儿们流连于各种蜜饯、烤红薯的商铺小摊，深秋的栗子个大饱满，在大铁锅中翻炒后香气四散，咬上一口软糯香甜。

妻子王氏对苏轼说："要是苏迈会走路，想必也会在这街上东窜窜，西逛逛，一不留神就跑没影儿了。"而此时的苏迈还在乳母任采莲的褓褓里睡得憨实。

苏轼将手中装有果干的纸袋递到王氏面前，说："那我们就先帮他多吃一点吧！"

苏辙看在眼里，又看了看身旁的妻子，心想要不要"抄个作业"，犹豫再三，还是作罢了。

信步多时，苏洵喜悦地夸奖道："这个地方真不错，山水环绕、民风特别，没有了战争，百姓才有好日子过啊。"

"所以啊，何足争强弱，吾民尽玉颜！但愿百姓的日子能越来越好。"苏轼接着说。

苏辙指了指集市上的人们："听说当地的少数民族也很喜欢汉族精美的罗纨，还会用自己的毛织品来换高瘦的好马。"

"民族不同又有什么关系呢？只要大家有一样的目标：劳作赚钱、生活平稳、城邦安定……真正可怕的是想把好东西都占为己有的掠夺心。"苏轼说。

"看来你们都很有感触，那就一人交一首《戎州》的命题诗吧。"

兄弟俩面面相觑。苏轼责怪弟弟："是谁扯上少数民族的？"

"可是，是兄长先作起诗来的……"

从戎州继续行船，没几日便到了渝州。连日的旅途让苏轼有些疲累，这天便起晚了些。

走出舱去，见苏辙正坐在船头，手中拿着纸笔在写着什么。凑近一看，纸上是一首诗，诗题为《江上早起》。

"早起还要作首诗？"苏轼坐到苏辙的旁边。

苏辙说："刚才我见江边有一老翁，手里拎着一条大鲤鱼，在跟别人换米呢。"

"鱼比米好吃多了，为什么要换呢？"苏轼说着，空空的肚子也有了反应，仿佛一大盘红烧鱼正香气扑鼻地摆在眼前。

苏辙想什么都很认真的样子："也许他家境贫穷，想用鱼换米，多填饱几天肚子吧。"

苏轼瞥见了几句弟弟的诗：

日出江雾散，江上山从横。
区区茅舍翁，晓出露气腥。

苏辙发现后，稍显尴尬地解释："这诗还没写完，完成后再给兄长看。"

苏轼嘿嘿一笑，转移了话题："子由，你觉得咱们这次走水路怎么样？"

"我觉得走水路胜过走陆路，有山水有风景，还不费脚不费鞋。"苏辙答。

"我也这么觉得！上一次赴京，走蜀道、翻秦岭把我累得够呛。哪里有坐着船优哉游哉地边行边玩儿好。"苏轼抱怨了起来。

"不过，听说三峡江流急促、沿途凶险，到时候恐怕没这么悠闲的心情了。"苏辙有点担心。

"怕什么，我们出门前不是拜了神仙？"苏轼眺望前方江际："况且，三峡沿岸景色俊美、古迹繁多，各朝文人都有诗文遗存，能去探访一遍实在太好了！"

苏辙默默收起了纸笔，点了点头："确实如此，不过要跟父亲商量一下，我们入京的时间也不能太迟。"

"不用急，以后有的是时间在京城待着。"苏轼说，"眉山却是不容易回了，三峡也不能常来了，这么难得的机会可得好好珍惜！"

"那……就听兄长的。"

船过渝州后江流渐急，两岸的山峰、翠林、斜径、人烟都如走马灯似的闪得飞快。父子三人原先可以在舱内下棋饮酒，体会过几次棋撒酒泼后，也少了悠闲兴致。随着越来越靠近瞿塘峡，众人愈加忐忑不安，自通航以来，三峡行船往往伴随着不可预知的危险。

究其缘由，皆因两岸为峭壁，水下有巨石，正值冬季江面下沉，水面变窄，更有一块被称为"滟滪堆"的巨大孤石露出水面，船夫一旦失手，或遇上旋涡急流，船只就可能撞上峭壁或滟滪堆，粉身碎骨。

苏家拖家带口、有老有幼，因此走走停停，几乎不放过任何江边驿站。

　　路过丰都时，一行人正站在渡口上，敲锣打鼓地齐声高喊："恭迎苏先生和两位公子！"苏轼和苏辙有点儿蒙，扭头看向父亲。

　　苏洵也面露尴尬，小声解释道："这……可能是丰都县令李长官。"

　　"可能？"苏轼苦笑道。

　　"朋友的朋友，我也第一次见。"苏洵僵笑着，转而勉强应付着眼前热情的人群。

　　李长官热情地接待了他们，好酒好菜地伺候，还专门布置了几间官舍供他们居住。得知他们对人文古迹感兴趣，便带他们去平都山参观唐朝时修建的仙都观。

　　李长官神秘地告诉他们："这里啊，是道士升仙之地，还有一头年岁很大的仙鹿，每逢贵客到来便会鸣叫。前几日就有人隐约听到了仙鹿的叫声，果不其然，原来是苏家贵客到了！"

苏洵虽已觉察到了对方的溜须拍马之意，但也不好点破。而苏轼则不以为然，直接问道："这山上留下过任何白鹿的踪迹吗？"

"这个……确实还没有。"李长官略显尴尬。

"既然一点踪迹都未留，那又怎么证明它来过呢？"苏轼追问。

李长官不知如何解释，苏洵赶紧岔开话题："要不我们去那边走走吧？看着挺不错的。"

"好的好的。"李长官连忙应和。

"年轻人爱问问题是好事，但钻牛角尖就麻烦了。"苏洵这话是为了解围，也是在吐槽自己的儿子。

这牛角尖苏轼还真钻了，回房间他就写了首诗，明确表达了自己的怀疑：

长松千树风萧瑟，仙宫去人无咫尺。
夜鸣白鹿安在哉？满山秋草无行迹。

苏洵看了也只得苦笑着摇头。

李长官邀请三人为仙都观题诗，苏洵和苏辙皆已完成，苏轼却仍在揣度。待苏轼停笔，李长官念出了诗的最后一行："安得独从逍遥君，泠然乘风驾浮云，超世无有我独存。"并疑惑地问，"苏公子，这最后一句看不太懂，是什么意思呀？"

苏轼解释道："人人都希望像阴长生和王方平一样学仙度世，却又不得不为生计和世俗奔波，其中的矛盾和无奈，又有谁能知道呢？因此我只求走好自己的路，在这人世间享一方逍遥净土罢了。"

继续赶路几日后，苏家一行又在忠州停了下来，原因是听当地人说，忠州有一座屈原塔，这让苏轼激动不已，幼时读到屈原的故事时，他就对这位爱国志士无比崇敬。然而当他们跋山涉水来到目的地时，出现在眼前的，仅是荒山杂树间一座孤零零的碑塔，既融合又突兀。

史料记载中屈原其实从未到此，为何忠州人会为他建塔？沿路问了几个当地人，却也不得其解，只好暂且推测为有后人对他心存敬仰，特意修筑以悼之。

苏辙见他久久不愿离开，便问："兄长在想什么？"

"你说，屈原的魂魄去了哪里？如今楚地的父老们每每想到他，都还会哽咽哭泣，但世间的俗人又怎么会知道他的想法呢？若世人都懂他，他又何必以决绝的方式告别？"

离开时，他作了这样一首诗：

> 古人谁不死？何必较考折。
> 名声实无穷，富贵亦暂热。
> 大夫知此理，所以持死节。

"看来一个人是否长寿、善终，都比不过他在世间留下的节操和'精魂'。"苏轼感慨道。

"我也觉得，世人未必都懂屈原，但他站在汨罗江畔时，内心一定是释怀坦荡的。"苏辙对此也颇为认同。

船至瞿塘峡时，正值深冬飘雪时，船夫要集中所有的注意力来控制方向。幸好水位很低，江中滟滪堆十分明显，即使在雪雾弥漫的环境中，也可以根据它的方位提前调整船只。

在行至巨大的滟滪堆时，船夫稳住船橹跟他们介绍："这块大石头上有一块石碑，上面还有人刻写的文字呢！也不知道那个勇士是怎么上去的。"

苏辙惊讶道："这石屏深根百丈，居然有人上去镌刻碑文，不知道他写了什么，我还挺想见识一下的。"

苏轼则说："我倒觉得这滟滪堆是有功于人的。"

"怎么说？"苏洵饶有兴致地望着苏轼。

"我们不能只看到巨石让船只倾覆，蜀地有那么多条河流都汇入了这里，水势一定会越来越难以阻挡。唯独流到这里时，因为巨石的阻挡而放慢了速度，像是消磨了江水的野性。若不是这块巨石，江水毫无遮拦，必将飞流直下，更为凶险。"苏轼不紧不慢地说。

苏洵沉思了一阵，点了点头。苏辙道："兄长想问题确实全面，我就没想到这里，听你这么一说，觉得很有道理。事物往往有好有坏，不能只考虑其中一面。"

苏轼道："物固有以安而生变兮，亦有以用危而求安。看似安全的东西也会生变，而看似危险的东西，或许是为了安全。"

出蜀后，苏家一行顺流来到了楚地秭归，历经各种激流险滩后的苏家一行人急需好好歇息一下，于是停在了一个叫牛口的江边小村镇。

他们靠岸时正是傍晚，太阳已经下山，江上的雾气湿且阴冷。几栋破旧单薄的茅草屋里升起了炊烟。男人们穿行于市井摊位前，女人多在家里做饭。一棵古柳树下，三五个村民聚集在一起闲聊，不时回头望一望陌生的新客人。

苏轼和苏辙想随便逛逛，这时一个卖柴的樵夫从深谷走来，迫不及待地向他们兜售自己砍的柴火。两兄弟不想驳人情面，于是跟着到他家里，发现锅里煮的是最简单的蔬菜，墙上甚至破了个洞，寒风正呼呼地刮进来。但即便这样，樵夫的儿女围着他咿呀玩闹，欢笑声装满了这座破屋。

夫妻二人说村里很少来客人，要留他们吃饭。兄弟俩以回去晚了老父亲会担心为由，各担上两捆木柴出了樵夫的家，不习惯干体力活的他们一路上走得颤颤巍巍。

"兄长，你如果想帮他，直接给钱不就好了，为什么一定要他的柴火呢？我们住在驿站，又不需要烧柴，现在要把它们担到哪里去？"苏辙气喘吁吁地发问。

"这家人一看就踏实本分，如果我们直接施舍，他多半是不会要的。"苏轼东张西望，见一处茅屋前，一位老妇正坐在院子中央择着野菜。

"就那儿啦！你再坚持一下。"苏轼满意地笑着，领着弟弟就往老妇家里走。

老妇的儿子常年在江边当纤夫，六七天才回一次家，平日家里就剩她一人。房屋虽小，但整洁完好。

为了感谢他们的柴火，老奶奶欲起身去地里摘菜，被苏辙眼疾手快地拦了下来。

"大娘，我们只是借宿在这里，明天就走了，菜您留着吃吧。"苏辙说。

老妇没有放弃，又从家里端出了一壶自己酿的酒。"这个合适！你们今晚就可以喝。"

见推辞不了，苏轼只好连连道谢，还是收下了。

那天夜里，苏轼难以入眠，他披上外衣，拎着酒壶走到江边，见一轮孤月已挂在群山的上方。昏暗的月光下，他甚至分不清长江的流向。

这个地方虽然贫穷，却让他有了一丝不舍之感。也许是因为这里的烟火气像故乡眉山那样亲切质朴，也许是因为离乡两个月的旅途让他有了些许疲惫。故乡已经回不去了，而京城还那么遥远，在眉山与汴京的中央，他仿佛被一股无形的力量拉扯着。

眼前忽然出现了一道熟悉的身影，他忍不住唤道："子由，你也睡不着？"

苏辙正坐在江边的一处礁石上，回头对他淡淡一笑，走了过来。

"这里的人们过得很不容易。江水湍急，鱼不好捕；作物难收，缺衣少食，孩子的裤子都是破的……"苏辙不由得叹了口气道。

"这一趟水路，沿途多蛮荒之地，百姓艰难为生。但城里的人也未必幸福，各有各的烦恼罢了。"苏轼抬头仰望夜空，"我见悬崖上栖息的山鹰，会羡慕它们能飞越山巅，俯视尘世，无拘无束的。而我们这一去，就要开始奔忙了吧。"

"莫非你想隐居？"苏辙突然歪头，打趣哥哥。

"隐居虽好，但现在还不是时候。或许有朝一日，等我们都老了、累了的时候，再寻一处清幽之地，岂不美哉？"苏轼答。

苏辙看出了哥哥的认真，于是笑道："好，到那时，别忘了叫上我一起。"

辛丑十一月十九日既与子由
别于郑州西门之外马上赋诗
一篇寄之

宋　苏轼

不饮胡为醉兀兀，此心已逐归鞍发。

归人犹自念庭闱，今我何以慰寂寞。

登高回首坡垄隔，惟见乌帽出复没。

苦寒念尔衣裳薄，独骑瘦马踏残月。

路人行歌居人乐，僮仆怪我苦凄恻。

亦知人生要有别，但恐岁月去飘忽。

寒灯相对记畴昔，夜雨何时听萧瑟。

君知此意不可忘，慎勿苦爱高官职。

第三章

仕入

一日午后，苏轼正坐在家中书房，整理《南行集》的内容。由于更善书法，苏洵便把抄录诗词的任务交给了他。虽然在江陵驿站时，他已把父子三人一路上的作品尽数收集，但严谨分类和校编仍需要些时日。

　　这处位于西岗的旧宅子是苏轼和苏辙一同租的。汴京的房价高得离谱，他们初到这里落脚，尚无买房的打算。不过，这旧宅子的居住条件已比第一次进京赶考时住的太平兴国寺好了许多。那里虽然生活方便，但往来者频繁，场所嘈杂，终不是安居之所。

　　苏辙推门进来，手里端着一小盘茶点，轻放在苏轼的案前。

　　"杨妈刚烤的，说今日的火候正好，保你喜欢。"

　　苏轼还未抬头就闻到了糕点扑鼻的香味，说："好，我把这首抄完了就吃。"

　　苏辙见哥哥正誊写一首描写三峡景色的诗，便道："兄长写山水惟妙惟肖，令人仿佛身临其境，不过我更喜欢你在襄阳写的几首。"

　　这引起了苏轼的好奇："哦？你最喜欢哪首？"

"最喜欢的还是《上堵吟》。"说着，苏辙背诵了起来：

> 台上有客吟秋风，悲声萧散飘入空。台
> 边游女来窃听，欲学声同意不同。君悲竟何
> 事，千里金城两稚子。白马为塞凤为关，山
> 川无人空自闲。我悲亦何苦，江水冬更深，
> 鳊鱼冷难捕。悠悠江上听歌人，不知我意徒
> 悲辛。

"为什么喜欢这首词？"苏轼问。

"我对词中'徒悲辛'的感受印象深刻，从古至今的情感多有相通，就像词中的游女不懂孟达，而江上人也不懂兄长。"

苏轼面露几分惊喜地说："游女未必懂孟达，江上人也未必懂我，但子由你一定是懂我之人。"

"只是因为我的感受和兄长相近，写词却远远比不上你。"

苏辙不似苏轼那样性情外放、朋友众多，他大多数时间自己待在家里，从小到大最好的朋友便是哥哥。

苏辙还记得，小时候，有一次父亲要考他背书，《后汉书》里有一篇他怎么也背不下来，紧张得汗流浃背。苏轼一眼就看出了弟弟的窘迫，他从厨房里取来一根燃烧的柴火，点燃了院子里的一堆枯树枝，大喊：'着火啦，着火啦！'惊动了全家人和街坊邻居赶来灭火，苏洵自然顾不上考问苏辙的功课了。

"哈哈哈哈，你不提我都忘了！"苏轼拍着腿大笑道，"后来我被父亲狠狠揍了一顿，就用我偷出来的那根柴火。"

"要不是兄长舍身相救，挨打的估计就是我了。"

"好说好说。"苏轼笑道。

苏辙不忘提醒哥哥："接下来的两次考试都很重要，兄长可别忘了温书。"

"放心吧，我心里有数。"苏轼塞了一块糕点进嘴里，赞许地发出"嗯……"的鼻音。

兄弟俩接连参加了两场朝廷举办的考试，一个是考京都部务，相当于"公务员入职考试"；而另一个叫"制策"，算是给朝廷挑毛病、提建议。北宋对有才之人非常重视，因此才会专门开一个窗口，让青年才俊们直接向皇帝进言献策。

这一年，参加制策考试的人还真不少。宰相韩琦看着报名表，无意间说了句："这苏轼和苏辙两兄弟都来了，还有这么多人敢来跟他们一较高下吗？"此话一被传出，吓跑了一半应试者。

岂料在考试前夕，苏辙却突然病倒了，发热、咳嗽、浑身无力。苏洵在家里急得团团转。

着急之余，他还不忘把苏轼隔离到另一个房间："你们两个从小身体都不好，如今子由生病了，你们还是隔开吧，千万不能再被他传染了。"

种子选手的消息往往传得很快，韩琦听说苏辙病后坐立不安，直接上书宋仁宗说："这次考试就属苏轼、苏辙最有声望，而如今苏辙病了，恐怕无法参加考试，这对朝廷是很大的损失啊，能不能把考试时间做一下调整呢？"

"那怎么行呢？考试时间是早已定下来的，我堂堂一国之君，怎么能……等等，你说谁病了？"

没想到，最终宋仁宗居然同意了这一请求，直至确定苏辙已痊愈，考试才择期举行。自此，剩下的那一半应试者又跑了十有八九。

有了大臣欧阳修的鼎力推荐，宋仁宗本就对苏轼、苏辙二人另眼相看，而这两次考试更加印证了他们广博的才学，这让仁宗欣喜不已。

本已做好"躺平"准备的苏洵也谋得一职，被任命为校书郎，负责给北宋的历任皇帝写传记。也算是投其所好，专业对口了。

一日，好友张方平特将消息带来给苏洵："这朝堂上下可都传开啦，皇上亲自对皇后说，他已为他的后代选了两个宰相，说的正是你家两个公子啊！"

"这后宫里传出的话，可信吗？"

"当然可信，这宫墙虽然厚，但也挡不住天子说的话呀！"

张方平比苏洵大两岁，早年他于蜀地为官时，便认识了苏家父子。十几岁的两兄弟跟在父亲身后，到益州府上拜见他，两个孩子的诗作和政治观点让他大为惊叹。

于是，他将"三苏"举荐给了欧阳修，并为他们提供了赴京考试的盘缠，算得上是苏家的大恩人。苏轼和苏辙也一直称他为恩师。

"仕途路远，他们才刚起步呢。"苏洵淡定地捻了捻花白的胡须，却掩不住心中喜悦。

张方平接着说："听说那王安石，最近有拉拢你之意，想必也是看重你家这两个未来之相啊！"

苏洵一听这名字，嘴角瞬时向下一撇，脸上笑容也消失了。"千万别给我提这个举止怪异的人，我才不想跟他有什么瓜葛。只求大道朝天，各走一边！"

张方平赞同地点点头，他年轻时跟王安石有过私人恩怨，对此人也是怨言满腹。

"王安石这人确实顽固自负，当年我跟他一起筹办乡试，明明一切都好好的，他倒好，漠视所有的规矩，一定要按照他的意思来办。跟他共事的人都叫苦不迭。当时我就觉得，这人不好打交道，更没法合作，索性把他调走了。"

苏轼和苏辙逛完集市刚回来，见张方平在家为客，便上前问候恩师。又见父亲面颊深红，表情带怒，忙问："恩师，可是发生什么事了？"

"没什么大事，你们的父亲就是想到一个可憎的小人而已。"张方平忙解释道。

苏洵被引了话，更收不住了："在永叔府上第一次见他，那脏发、褴褛的衣衫，真还不如乞讨之人。从他的嘴里说出《诗经》《尚书》，实在让人厌烦。这样的一个人，不是祸害是什么？"

两兄弟觉察到了客厅里的怒气弥漫，见一旁的张方平一个劲儿使眼色，苏辙忙说："那父亲和恩师继续聊，子由和兄长就不打扰了。"二人随即躲进了内室。

"父亲刚才说的可是王安石？"苏轼关上房门，问苏辙。

"应该是了。"苏辙答。

"我倒觉得父亲骂王安石太狠了些，不修边幅、衣衫褴褛，这只是个人习惯，跟祸害有什么关系？"苏轼道。

"王安石的确是古怪执拗之人，极难与人共处，或许父亲和他还有我们不知道的过节吧。"苏辙答。

早在苏家父子首次进京时，他们和王安石就结了梁子。苏洵看不惯王安石的鄙陋粗俗、自行其是，而王安石则对众人叫好的"三苏"文章嗤之以鼻，称其模仿了"战国纵横之学"，看起来很高深，实际上并不实用，称若自己是考官，绝不会选拔苏轼、苏辙的文章。

按说两次考试后，兄弟俩就应该被分派官职了，谁知朝廷却迟迟没有消息。

苏家拖家带口、全家进京，加上京城的消费水平高，若久不到任，家中势必拮据。为了减少住房开销，他们无奈搬到了京城郊外的杞县城南租住。房屋破旧，数口人挤在狭小的空间里，确有很多不便之处。

苏辙负责每日出门买菜，他精挑细选了几个物美价廉的摊位，每次按需购买，生怕浪费了一分一毫。

这天，他路过一家烧饼店时，老板主动跟他搭话："苏先生，恭喜令兄被封官啊！"

"何来封官？"苏辙不解。

"这种好事您就别瞒着了，我家有亲戚在宫里当差，您哥哥已经被任命为大理评事和凤翔府判官了。"

苏辙等不及挑选食材，拎着空布兜就回了家。

苏轼正斜靠在破竹椅上，一边吃煎饼，一边看书。苏辙气呼呼地走到他面前，说："兄长，你已经被任官了对吗？"

苏轼一愣，连忙坐直，没法否认："消息传得这么快吗？"

"兄长不去赴任是因为我吗？"苏辙有些生气，"为了顾及我的颜面。"

"不是的子由，我确实还在纠结。"苏轼说，"去上任吧，你的任命还没下来，舍不得跟你们分开。不上任吧，家中余粮是越来越少了，靠父亲微薄的工资养活一家，我实在于心不忍。"

"兄长只管放心去，家里有我照顾父亲。"

"父母在，不远游，我是长子，按理也是我留下来。所以我本想等你的任命下来……"

北宋官僚的"外派"工作一般为三年一任，自己要是去他乡任职三年，弟弟在这期间就只能留京尽孝了。

"父母在，不远游。但后一句为'游必有方'，只要有明确的目标，是可以外出的。如今兄长的目标比我更为明确，由兄长出游也理所应当。"

"但子由，你的仕途同样重要。"苏轼说。

"我比兄长小几岁，待兄长三年后回京，我再出游也不迟。若哥哥不答应，我便把自己关在屋里绝食！"

苏轼知道弟弟一贯说到做到，并不是危言耸听，只好答应了赴任。

十一月初，苏轼带着妻儿从汴京启程，前往凤翔赴任。临走前苏洵并未交代太多，只提醒他多做事、少惹事："凡事低调一点，谨慎一点。"

他常向朋友自夸道，给两个儿子起的名字太贴合他们了。一辆车如果没有"轼"（车把手），虽然看似影响不大，但没有它，车就不完整，他希望大儿子要像轼，光芒不要太盛，要懂得掩饰内心，保护自己。而"辙"（车辙痕）从不被算进行车的功劳里，但遇到马翻车毁的灾难时，也不会有人怪罪。就像小儿子存在感低，但也难成为众矢之的。

苏辙坚持要出城送送哥嫂，这一送就送到了一百四十里外的郑州。

"不能再送了，你已出来数日，父亲肯定会挂念的。"大嫂王弗抱着幼子苏迈从马车里探出头来劝道。

苏轼这几日异常话少，王弗甚至提醒他再多跟弟弟说会儿话。但他不敢说，怕一开口就是一堆恼人的伤情别绪。

"回去吧，书信别断。"迟疑了许久，苏轼开了口。这年冬天的郊外格外寒冷，一句话出了嘴，便成了飘散的雾气，瞬间失了温度。

严冬的傍晚，一轮残月挂在夜空，让四下更显得凄凉。郑州西门外，苏辙与他们简单告别，他摸了摸苏迈熟睡中的脸蛋，拜别哥哥，便转身骑上马，踏上了返程。

苏辙的身影在微弱的月光下渐行渐远，苏轼突然觉得心里空空的。他停下马车，跌跌撞撞地爬上附近的一个较高的小山丘，目送弟弟的背影直至消失，又呆呆地望了很久。

回到马车上，苏轼突然出声问妻子："子由的衣服会不会太薄了？他一人返回，路上一定很孤单吧？"

王弗没有回答丈夫的话，只轻轻地拿出了一个布包，层层打开，里面装着十来个稍有破损的煎饼，是苏辙的乳母杨金蝉做的，苏轼多年来很爱这一口。

"这是子由离家前托杨妈做的，他怕放马车里颠坏了，便一直揣在自己贴身的背包里，临走前才给我的，你要不要吃一块？"

苏轼从王弗手上接过布包，上面甚至还留有弟弟身上的温度，他强忍着眼泪不砸下来，将布重新盖好，递了回去，说："好好放着吧，我不饿。"

这是从小到大，他第一次跟苏辙分别。

做点什么好呢？苏轼想到了写信。给苏辙写信，就好像还能跟他说话一般。他甚至没有太过思考，提笔疾书。

苏辙刚到家就收到了哥哥的来信，信的结尾哥哥写："君知此意不可忘，慎勿苦爱高官职。"哥哥让自己千万别贪恋官职，不要忘记两人曾定下的早点退休，一起过休闲生活的约定，哑然失笑。

小时候，他们干什么都喜欢在一起，一起读书、一起玩闹、一起比赛吃饭、一起去池塘捉蝌蚪。他们也有过很多约定，约定背完一篇古文的时间，约定在同一年考试做官，包括约定退休之后的生活。

约定像是两个人的独特暗号，不管何时想起，都兴致盎然。

苏辙推算时间，哥哥应该已经到渑池了，那里是他们六年前入京考试途中一起经过的地方，于是很快给哥哥回了信。

他忆起曾经与父亲和哥哥在渑池住僧房、题壁诗的日子，那时的他们尚无作为但轻松自在，不必别离。而如今哥哥内心的孤独，又何尝不是映射在他的心上呢？

和子由渑池怀旧

宋 苏轼

人生到处知何似，应似飞鸿踏雪泥。

泥上偶然留指爪，鸿飞那复计东西。

老僧已死成新塔，坏壁无由见旧题。

往日崎岖还记否，路长人困蹇驴嘶。

第四章

赴任

凤翔位于陕西西部,离渭水不远。凤翔府是秦凤路管辖范围内唯一的府,人口也最多。苏轼此次赴任的签书判官,相当于太守的首席秘书,事情不多,但有权奏报朝廷。到地方基层去任职,几乎是所有朝廷"储备干部"的必经之路。

上次到凤翔还是赴京的考生,这次来已是朝廷的官员了。历经一个多月的路途,苏轼及家人于十二月中旬到达凤翔。来不及安顿,他便迫不及待地给苏辙写回信,想把途经渑池的所见所闻告诉他。

> 人生到处知何似,应似飞鸿踏雪泥。
> 泥上偶然留指爪,鸿飞那复计东西。
> 老僧已死成新塔,坏壁无由见旧题。
> 往日崎岖还记否,路长人困蹇驴嘶。

他突然想要将人生比作什么,既然苏辙在之前的信中提到"雪泥",他便顺水推舟,将人生比作飞翔的鸿雁偶然踏在了雪泥上。随着鸿雁飞走,谁会记得它们留下的脚印呢?

当初接待他们的渑池寺庙的住持奉闲和尚已经去世，徒弟们为他造了一座新塔安放骨灰。苏家父子题写的墙壁也已毁坏，印记全无。

一切都如雪泥鸿爪般无迹可循。

送走了兄长的苏辙心里空落落的，虽然哥哥有时还不及自己理智、稳重，但他们之间的默契无须多言。为官任期一般为三年，待哥哥回京，自己恐怕也会被外派，这一别不知道要历经多少个冬寒夏暑。

时间一晃，苏轼离京快两个月了，苏辙的任书却迟迟还没下来。苏辙依旧老神在在，父亲苏洵却有些坐不住了。

在向宋仁宗直谏的御试中，苏家两兄弟都作了《御试制科策》一文。苏洵原本担心冒失的大儿子用词太过激烈、批判太猛，却没料到小儿子的批判更猛，将仁宗臭骂了一顿。

在那篇文章里，苏辙指责了仁宗对政事懈怠，遇到事就焦虑，没事就压根儿不虑。比如跟西夏议和之后，群臣都还殚精竭虑，当天子的反倒以为万事大吉了，他认为这并非明君做法。而且，他还列举了历史上六个沉湎酒色的君王，指责仁宗喜爱声色和饮酒，担心其"好色于内而害外事"。此外，他还指出了赋税繁重、压榨百姓、部分政策虚空等问题。

这一条条数落皇帝的罪状看得考官都替苏辙捏了把汗，一些大臣也跳出来，指责苏辙的胡作非为，建议取消他为官的资格。

司马光欣赏苏辙的胆识，专程上奏仁宗："若这次取消了苏辙的资格，恐怕天下人都会觉得这个直谏考试形同虚设，今后就没人敢说实话了。"

宋仁宗觉得在理，当即便说："我就是要找说真话的人，而别人也说真话了，我若还把他赶走，那我算什么皇帝？"这才把苏辙保了下来。

父子俩平时都话少，棋盘前的几个来回后，苏辙看出了父亲落子时的心不在焉，便问："父亲是不是担心我没个去处，在家游手好闲？"

苏洵端茶的左手轻微晃动，抬头看了眼苏辙，眼皮又若无其事地耷拉下来。"我还不了解自己的儿子吗？我不担心你游手好闲，但这么长时间过去了，总要有个说法吧？要不然……我再帮你问问去？"

"父亲就别操心这件事了，《礼书》编得还顺利吗？我见您最近好像老熬夜。"苏辙急忙岔开话题。

"还行吧，就是在对一些历史事件和人物的讲述上，需要真实到什么程度，都要处处考量，这是最让人头疼的。难哦……"苏洵突然反应过来，"你小子还打岔，不是在说你的事吗？"

"苏老弟！你门没关，我进来了啊……"张方平的声音打断了下棋的父子，也让苏辙松了一口气。来者推门而入，神色焦急，见苏辙也在，忙说："正好子由也在，有件事情要告诉你们！"

张方平告诉父子二人，正是因为任"知制诰"的王安石拒绝给苏辙起草任命诏书，才让任命的事情一拖再拖。

苏洵听闻勃然大怒，大骂了王安石几句后，就要卷起袖子上门找王安石讨个说法。张方平和苏辙忙将他拦下，让他消消气，莫轻举妄动。

"那个臭气熏天的乞丐老头，居然来阴的？我对他不满，我的儿子可没针对他。真是小人之心不可度啊！"
苏洵喝了口茶，继续骂着。

"苏老弟莫急，司马光和韩宰相在这件事上都向着
子由呢，我听说韩琦已经改命沈遘写任命书了，再等等一
定有好消息。"张方平提到的沈遘是朝中另一个知制诰。

被耽误了一年后，苏辙才被任命为商州军事通官，
这多少让他有点心寒。而且兄长在外，父亲需要照顾，他
索性以此理由辞不赴任，留守京城。

"你说你，好好的任命不去，守着我这个老头子做
什么！"苏洵眼见着苦盼来的机会被儿子自己放弃了，气
不打一处来。

"哥哥任命在外，您又岁数大了，我走了怎么能放
心？"苏辙只能哄着。

"你少拿我当借口，我一时半会儿还死不了。"苏
洵愤愤道。

"若朝廷真要用我，也不差这一两年的，待哥哥回京，
我再走也不迟。"

苏洵气了几天，也只好作罢。

其实，这个选择对于苏辙来说是让他心情复杂的。他并不恨宋仁宗，甚至说不上恨王安石，但回想自己的境遇，又觉得心有不甘。他不会向父亲表达，只得在与兄长的书信中倾吐一二。

另一边，眼巴巴盼着苏辙到商州，能离自己近一点的苏轼希望落空了。

年末的凤翔已是天寒地冻，他从秋冬的病榻上强撑着坐起来给苏辙回信。王弗忙为他披上一件毛毡外衣，将刚灌上热水的暖壶塞进他怀里。

苏轼一边咳嗽，一边无奈直言："病中闻汝免来商，旅雁何时更著行。远别不知官爵好，思归苦觉岁年长。"

隔着信纸，苏辙似乎已看到了哥哥难掩病色、面露愁容，还不忘调侃自己"著书多暇真良计"的样子。

笑容在读到信中"答策不堪宜落此，上书求免亦何哉"这句时凝固了，在苏轼看来，苏辙如今的不被待见，跟御试时的直言不讳脱不了干系。他安慰苏辙，希望弟弟看淡官宦之事，既然留下来，就闲来多喝几杯、多著书、陪老苏琢磨琢磨《易经》，不也挺好的吗？

苏辙心领神会，回信中自嘲："闭门已学龟头缩，避谤仍兼雉尾藏。"

苏轼刚到任时，凤翔府的太守为宋选，他与苏家是旧相识，对初来乍到的苏轼关照有加。从置办家用到公事交接，宋选都派人事无巨细地操持着。

就在苏轼任职的第二年春，陕西遇到旱灾，庄稼人没有别的办法，只好向天上神灵求雨。

在古代，求雨也是地方官需要做的事情。有人告诉苏轼，在渭水以南的秦岭太白峰上，一个道观前的小池塘里住着雨神龙王。于是他专程赶往那里，并亲自写了一篇祈雨文。

今旬不雨，即为凶岁；民食不继，盗贼且起。岂惟守土之臣所任以为忧，亦非神之所当安坐而熟视也。

愣是把神仙拉拢成了自己人，几分祈求、几分逼诱：大家都吃不饱饭了，哪有神仙坐视不管之理呀？

这次求雨起了点作用，五天后，一场小雨降下，但这对干旱多时的土地来说仍是杯水车薪。

此时，愁眉不展的苏轼又听到一种说法：龙王已在唐朝被封为"公爵"，唐灭而爵位降，龙王自然不高兴了。苏轼将这一消息激动地告诉了宋选，得到了对方的大力响应。

两人筹划了半天，决定先由苏轼向皇帝拟一个奏本，请求恢复龙王以前的爵位。再由宋选和苏轼一同前往太白山敬告雨神，说封号已经申请通过了，还请雨神宽宏大量，继续为人们造福。

他们从道观的池塘里舀回了一盆"龙水"，专门挑好了一个吉日，与全城的百姓一起"迎龙水"。

这天，城外的一片空地上挤满了前来凑热闹的百姓，他们眼巴巴地望着天，但天昏暗发黑，浓云低却不散。等了好几个时辰，一滴雨的影子都没见着。

宋选小声对苏轼说："子瞻，你觉得这能行吗？"

苏轼皱了皱眉头，微微低头对宋选说："这天诡异得很，暗得仿佛下一秒就要暴雨倾盆，但好像又始终缺点什么。"

"走，跟我再去真兴寺一趟。"宋选说。

到了真兴寺，宋选朝向佛像默念道："各路神仙，再不下雨，这个地方的百姓就快渴死、饿死了，他们一辈子辛勤劳作，只为求个生活顺遂、家人平安。若今年风调雨顺，我愿意用阳寿来换！"

苏轼被太守的这番话感动了，自己又把祈雨文念上了几遍。出城的路上，天上乌云愈发低沉了，苏轼快步走上祭台，继续念祈雨文，一刻都不肯停止。

妙的是，这次不出半个时辰，天像是开了一个大口子，暴雨肆意砸下，浸湿了久旱的田地、小道、村庄、房屋，湿润了人们干燥的皮肤、头发和衣服。欢呼声、祷告声、答谢声此起彼伏，震彻天际。

这是苏轼为百姓做成的第一件大事，他听到官吏们在院子里庆贺，商人们在集市上高歌，农夫们在田间地头欢笑，心中说不出的高兴，此刻唯一能做的就是融入他们，和他们一同庆祝。

这场雨连下了三天，苏轼像是小孩一样欢呼雀跃。回到家，他一把将院中玩水的儿子抱起，开心地将雨水抹到儿子的脸上。

妻子王弗感叹道："感谢神灵眷顾，又有很多人可以活下去了。"

苏轼开怀大笑道："是啊，我们生于南方，从未觉得雨水可以如此喜人。"后来，他专门将自家后花园的亭子取名为"喜雨亭"，希望此地不再缺雨，年年都有雨可喜，并专门写了一首《喜雨亭记》纪念这件喜事。

他尤其喜欢把这份喜悦跟百姓们一起唱出来：

使天而雨珠，寒者不得以为襦；使天而雨玉，饥者不得以为粟。一雨三日，伊谁之力？民曰太守。太守不有，归之天子。天子曰不然，归之造物。造物不自以为功，归之太空。太空冥冥，不可得而名。吾以名吾亭。

苏轼在凤翔的第一年可谓过得顺风顺水。宋选对他非常信任，凡苏轼拟写的公文和奏章，可一字不改，直接上报。

　　之后，苏轼在当地赈济救灾，修筑东湖，查决囚犯，发展酒业，为百姓办了不少实事。他也乐于跟百姓打成一片，大家亲切地称他为"苏贤良"。

　　苏轼的俸禄不高，除了养活家里人，还要每月拿出一笔钱寄给京城的父亲和兄弟，生活拮据但尚且自在。闲暇时，他喜欢四处游玩。游真兴寺、李氏园，在秦穆公墓谈古论今，到孔庙看秦代"石鼓"，在寺庙里找王维和吴道子的壁画，他称赞吴道子说："画至于吴道子，而古今之变、天下之能事毕矣。"

　　他带领官民，将凤翔东南边的一处"饮凤池"进行了阔斧改造，引凤凰泉之水注入，在池塘里种莲花，堤坝上植柳树，修桥建亭，并重新起名为"东湖"。他在诗中夸赞改造后的东湖："新荷弄晚凉，轻棹极幽探。飘摇忘远近，偃息遗佩篸。"并常与好友在东湖上泛舟饮酒，吟诗作乐。

　　苏轼将自己归纳的"凤翔八观"作诗分享给苏辙，

而苏辙则每一首都根据"唱和"的原则给哥哥回信，表达自己的感受，仿佛依旧与兄长同游。

苏辙自然也"游手不得闲"，他将自己关在屋里读诗书，实在闷得慌就出去逛逛。一日，见街边一个七八岁的男孩在卖果蔬植物的种子和幼苗，他想到家中田地已荒废好久了。

"小孩儿，种子怎么卖？"苏辙笑眯眯地问。

"先生，您要买多少？买少了价高，买多了便宜。"小孩抬起稚嫩的脸。这"促销"的卖法不知是大人教授，还是他自己悟出来的。

"那好，你剩下的不多，我全要了。"

"行，保准给您算个便宜价！"小孩拍拍屁股站起来，熟练地给苏辙打包。

刚走进院门，邮吏便跟了上来："苏公子，您的信！"

"有劳了。"苏辙接过信，对邮吏说。

"苏大人来的信真是一封比一封厚，里面藏了不少好诗吧？"因为送信，邮吏和苏家已经很熟了。

苏辙淡淡一笑，算是回答了。

苏洵从里屋走出来，手里捧着《易经》："子由，怎么出去这么久？快来帮我看看这个……"见儿子手里拿着信，忙问，"子瞻的信？"

"嗯。"

"让他别再寄钱回来了，我编《礼书》多少也有进账。他做的那个小官，俸禄都不够自己吃喝的，千万别饿着我的孙子啊！"

"我次次都跟他说，他次次还寄，您说怎么办？"苏辙哭笑不得。

"那就再说。"苏洵视线移动到苏辙手中抱着的纸袋，"这是要做什么？"

"院里的地荒了好几年了，种点东西吧。"

"在租的房子里种什么？以后买房子了再种吧。"说罢，苏洵打了个寒噤，转身回屋。

苏辙愣在原处，望着纸袋中的种子。地还是要种的，花草蔬菜还得有，不然就更不像一个家了。

他放下纸袋，跟着父亲进了屋："您刚才说让我帮您看什么？"

也许是担心苏辙在京太无聊，苏轼的来信愈发啰唆了。

他到多地去减降囚徒，顺带游山玩水，还专去与父亲和弟弟同游过的地方。比如太白山的崇寿院，和酷似三峡虾蟆碚的仙游潭。

读到"奔走烦邮吏，安闲愧老僧。再游应眷眷，聊亦记吾曾"，苏辙明白哥哥多半是最近疲于政务，有些厌倦了，便一边唱和着，一边安慰："据鞍应梦我，联骑昔尝曾。"

当苏轼"忽忆寻蟆培，方冬脱鹿裘"时，苏辙更是想到当年在三峡，进到那个暖如二三月的洞里时，听闻喝了虾蟆碚的水就能高中，他俩相视一笑，心想不用了，咱们可以靠自己。

而当读到"惟有泉旁饮，无人自献酬"，他也能及时捕捉到哥哥的孤独心境，还不忘画个未来的大饼："今游虽不与，后会岂无由。昼出同穿履，宵眠共覆裘。弟兄真欲尔，朋好定谁俦。试写长篇调，何人肯见酬。"

随着要分享的事情越来越多，二人作诗唱和的难度逐渐加大。即使苏辙也偶尔吐槽："吾兄笔锋雄，诗俊不可和。"但仍继续痛并快乐着。

这年春天，苏轼登南山游玩，苏辙得知此事后酸溜溜地写信道："应有新诗还寄我，与君和取当游陪。"

没想到当天夜里，苏辙就做了一个梦。他梦见自己和哥哥在南山下踱步，前面的路竟成了儿时在眉山老家跑过的山径，再往前走，景色又越发陌生，遥遥不见尽头。

一时惊醒，后颈和背部皆有细汗。苏辙下床踱步到窗边，见天色已微亮，远方有公鸡啼鸣，声音弱弱地传过来，似乎连天上的弯月都打扰不了。但蟋蟀的叫声异常清晰，似乎也恐慌于秋天来临。

那一瞬，他似乎和哥哥感同身受了。

得知苏辙在梳理他《进策》中的观点，已重作《新论》三篇。没过半月，苏轼寄来一块骊山造的上好澄泥砚，颇有鼓励和鞭策之意。

苏辙收到后爱不释手，想着要回送点什么。苏洵一边唠叨大儿子乱花钱，一边又嘟囔着为什么只给苏辙寄礼物。

苏辙笑说："兄长知道您喜欢书画，给您买下了吴道子画的'阳为菩萨，阴为天王'四块门板，说回京就给您一道搬回来。"

苏洵觉得脑袋更疼了："天呐，这又花了多少钱啊！我孙子会不会饿肚子啊！"

和子由苦寒见寄

宋 苏轼

人生不满百，一别费三年。

三年吾有几，弃掷理无还。

长恐别离中，摧我鬓与颜。

念昔喜著书，别来不成篇。

细思平时乐，乃谓忧所缘。

吾从天下士，莫如与子欢。

美子久不出，读书觑生毡。

丈夫重出处，不退要当前。

西羌解仇隙，猛士忧塞壖。

庙谋虽不战，虏意久欺天。

山西良家子，锦缘貂裘鲜。

千金买战马，百宝妆刀环。

何时逐汝去，与虏试周旋。

第五章

事喪

到凤翔后的第二个春节尚未过完，苏轼就得知了一个晴天霹雳的消息：宋太守要离开凤翔了。

宋选来凤翔只比苏轼早了四个月，在这一年多时间里，他们理念合拍、配合默契，这也让苏轼对为官之路充满了信心。但宋太守这一离开，意味着他要"孤军作战"了。

过了年，凤翔依旧是冰封未解，万事都放慢了脚步。

苏轼在打扫得亮堂堂的官邸门前来回踱步，看得一旁的官吏有点眼晕。一位跟苏轼私交甚好的官员说："苏老弟，你都在这儿转半天了，这眼看要下雨了，要不我们先回屋等着？新太守还不知何时能到呢。"

苏轼猛一抬头，说："要不找人前去看看，是不是泥地路滑，马车陷路上了？"

对于这个新太守，苏轼临时补了补课，知道他与妻子王弗同为眉山青神人，年龄比父亲小五岁。也听说过他的一些事迹，比如，他武将出身，处事刚正，在长沙时依法处置了一个"关系户"，为百姓出了一口恶气。

苏轼认为此人既是老乡，又讲原则，应该很好相处，因此早早为他收拾好了住宅和官邸，大有"盼君来"的意味。

正要派人出去探探，一个小吏便气喘吁吁地冲进来报了信："新太守……新太守一行快到大门口了！"

官吏们赶忙出了大门相迎，正巧赶上新太守陈希亮从马车上下来。他个头不高，但身形魁梧，皮肤黝黑，一双炯炯有神的眼睛透着寒光，配上冷峻刻板的表情，让人本能地想退后三步。

行过礼后，苏轼热情上前，说："陈太守一路辛苦了，您的宅子就在官邸后面，早已找人打扫好了，您要不先回去休息一下？"

陈希亮瞥了苏轼一眼，从他身边走过，望了望官邸大门，淡淡地说："没事，车上坐得腰酸背疼，正好到处走走。"说着便往官邸里走。

苏轼碰了个软钉子，也只得继续跟着走。

身旁的官吏在陈希亮的耳边吹风："得知大人今天到，苏贤良一早就派人把您办公的地方收拾干净了，您看看去，有什么不满意的就跟小的们说。"

"苏贤良？"陈希亮停在原地，转头看向苏轼。

"是啊。"官吏接着说，"苏判官来这里一年，做了不少好事，我们都叫他苏贤良。"

陈希亮的眼中满是不屑，轻哼一声："小小签判，何称贤良！"

场子顿时冷了下来，一行人只得继续跟在后面。苏轼尴尬万分，像这种当众被奚落，他此生还是头一次体验。

逛了不到半个时辰，陈希亮对身后的众人说："今天的接待活动该结束了吧？各位该干吗干吗去，不用管我了。"

待人群散去，一个满脸笑意的青年跑到苏轼的面前，自我介绍起来："苏先生你好，我是陈慥，你也可以叫我季常。我读过你好多作品，喜欢得不行，我平常还喜欢饮酒、骑马，今后咱们相处的时间还长！"停顿了片刻，他压低声音对苏轼说，"我爹就是这样的性格，你别介意。"

苏轼刚被泼了一盆冷水，这又突然来了个大火炉，还没来得及反应，只得点头应付着。直到那青年走了，旁边人才提醒道："那人是陈太守家的四公子。"

"哦！那这父子俩，性格也差太多了。"苏轼无奈地笑了笑。

陈希亮上任后，苏轼在工作上便屡屡不顺。以往他拟的公文，往往一字不改就能上奏，而现在，一篇文章常常被陈希亮改得面目全非，这让以文为傲的苏轼备受打击。

二人的性格犹如两块顽石相撞，谁也不愿退让。

为表达自己的不满，这年的中元节，无论陈希亮之子陈慥如何劝说，苏轼就是拒绝去知府参加陈希亮组织的聚会。虽然已和苏轼成为好友，陈慥最终也没为难他。

"嫂嫂，今天打扰了。"陈慥一脸落寞地出了书房，对一旁的王弗说。

"哪里，还麻烦你到太守面前多说点好话，他就是这个臭脾气。"王弗无奈道。

见陈慥已走远，王弗推门进屋，苏轼正坐在窗边看书，但王弗知道他并不专注。

"人都走了，你气也撒了，吃点东西吗？"王弗笑着问。

苏轼见是王弗，立刻站起身迎过去扶住："你怎么起来了！前阵子的病刚好点，该在床上躺着才是呀。"

"你这边动静这么大，一会儿扯嗓子，一会儿摔杯子，我哪里睡得着？"王弗在苏轼的搀扶下坐了下来。

"我确实不愿去，不想听他冷冰冰的轻蔑之言。"苏轼自然是指陈希亮。

"我知道，不去就不去吧。但既然你在他之下，有些事该忍还得忍，等回京了，不见就是了。"王弗说着，示意一旁的仆人递上一封信，"子由来信了，看看吧。"

苏轼精神一振，忙接过信打开，信中内容却让他哭笑不得。

苏辙在信中告诉苏轼，近两年来，父亲和王安石的积怨越来越深。王安石的母亲去世，大大小小的官员都去凭吊，父亲却怎么也不愿去。

非但如此，没过多久，他还写了一篇《辨奸论》，直接形容奸人："衣臣虏之衣，食犬彘之食，囚首丧面，而谈《诗》《书》，此岂其情也哉？"虽没有指名道姓，但任谁都能看出文中所指。

苏辙在信里说："我觉得父亲多少有点过分，平日里吵归吵，但大事上还是不应该这么任性的。"

苏轼将信递给王弗，王弗看后笑说："父亲不善社交的性子遗传给了子由，但这倔脾气倒是遗传给了你。"

父子二人，分隔两地，同不妥协，倔得要命。

当然，陈希亮也不是吃素的，第二天，他便上奏朝廷，说苏轼拒不服从规矩，实在是难管至极。没多久，苏轼就收到了一张铜八斤的"罚单"。

苏轼拒不认罚，陈慥本想自己出钱摆平此事，王弗将他们拦了下来，说这样做两人都不合规矩。苏轼应该认罚，别再连累了陈慥。于是，王弗亲自将罚金送到府衙，替丈夫解决了一桩棘手事。

同是这一年十二月，陈希亮在自家后院修了一座高台，并取名叫"凌虚台"。不知出于什么考虑，他竟让苏轼为此作文。

听此"邀请"，苏轼始料未及，但一口答应了下来。心想，既然领导都发话了，就别怪我借机报复了。

王弗见丈夫开开心心地接下了这个"烫手山芋"，很是不解，越不解就越不安。一连几日，她每天都问奶妈任采莲："子瞻最近吃得好吗？"

"挺好的。"

"睡得好吗？"

"挺好的。"

"没什么异常？"

任采莲思索着摇摇头："没哪里不对呀。"

直到几日后，看到苏轼"精雕细琢"的《凌虚台记》，王弗才明白丈夫是何意。

在文章中，苏轼用前朝宫殿的崩塌，暗喻如今的凌虚台虽然建造宏伟、主人居高位，但未来会是什么样，又有谁知道呢？这在诗词中是很常见的写作手法，但用在这里，像是往文中藏进了一支锋利的暗箭。

王弗哑然失笑，但又担心陈太守会怪罪，让这个本就不得势的青年小官的境遇雪上加霜。

陈希亮拿到文章，足足看了有一盏茶的时间，突然开怀大笑，反而让身边的人神色紧张。

他大笑道："看来子瞻是对我有意见呀！不过，真不愧是苏子瞻啊！这样的好文章，别人怎么写得出来呢？"他叫来了下人，递过纸稿，"就要这个，我要把这篇文章一字不差地刻到凌虚台边的石碑上。记住，一个字都不能改！"

得知这一消息时，苏轼正在城外与陈慥骑马散心。他愣了许久，才轻叹一声："我这小肚量，终究比不上陈公啊！"

陈慥拉了下缰绳，对苏轼说："我不是早跟您说了，父亲在家里没少夸您才华横溢，听得我都有几分妒意呢！"

"那陈太守为何从不给我好脸色，公务上也处处为难我呢？"苏轼不解。

"父亲觉得我们是同乡，他待你的父亲如子，待你当如孙，担心你年少成名，容易栽跟斗，这才对你严格要求，想杀杀你的锐气。"陈慥解释道。

此事对苏轼的触动不小，甚至有些撼动他对人、对事的看法。之后他再登凌虚台，心境已不再愁苦烦闷，而是有了"不如此台上，举酒邀青山"的自在惬意。对陈希亮也多了份"青山虽云远，似亦识公颜"的情谊。

苏轼离家的第三年，苏洵终于在京城的宜秋门边买下了一处宅子，与苏辙一家同住。由于宅子位于皇宫的西南方向，苏辙便将其称之为"南园"。

得知置业消息后的苏轼和苏辙一个反应："父亲哪里来的钱？"

事实上，光靠苏洵那一点微薄的收入显然是不够的，但当时的京城有很多来自蜀地的官员，大家会相互帮衬。其中一个名叫范镇的高官，特别欣赏"三苏"的才华，于是当苏洵找他借钱买房时，他便痛快地答应了。

新家给了苏辙一片新的可塑空间，院墙旁的槐树和柳树枝叶繁茂，为小院遮出了一片幽静的空间。花圃和田地各自为政，种植有萱草、葵花、牵牛花、翠竹、石榴、葡萄……一年四季，色彩交替。苏辙恨不得为每一种植物作一首诗，给哥哥寄去。

搬进去没多久，苏洵便将好友杨纬送的一座木质假山搬到院中，苏辙见状连忙奔去。

"您也不怕搬重物闪了腰，怎么不叫我呢？"苏辙带着几分责怪地说。

"木头的东西又不重，真当我不中用了啊？"苏洵捻了捻搬假山时沾染了灰尘的胡须。

苏辙在父亲的指挥下，将假山移至一个大水池中央，再穿过墙体将水引入池中，池水还能用来灌溉植物，可谓"一水多用"。

他兴奋地将这件事告诉了哥哥。苏轼远在凤翔，似乎也亲历了这一切，他夸赞弟弟道："崎岖好事人应笑，冷淡为欢意自长。遥想纳凉清夜永，窗前微月照汪汪。"

这封信在路上耽搁了大半个月，当苏辙展开它时，葡萄架上的藤蔓已长出了油绿色的嫩叶。

此时，父亲正在假山旁细心地打理花圃。苏辙忽然想起，在眉山老家也有这样的一座木假山，母亲总是亲自打理，想必父亲是想念母亲了。

苏辙望着京城家中的一草一木，想到了苏轼信中那句："人生不满百，一别费三年。"他抬眼看着葡萄藤的嫩叶，不禁想到，待葡萄成熟之时，兄长就应该回来了吧。

三年任职到期，苏轼携家带口，在正月里返回了京城。

临行前，陈希亮和陈慥为苏轼设宴送行。

陈慥难掩不舍之情，席间不知不觉就喝多了，恨不得搂着苏轼的胳膊倾吐心声。"苏兄，我难得遇你一知己，只恨相处时间太短，转眼你就要回京了。今后谁陪我饮酒、骑马、谈天说地呢？"

"季常，来日方长，我们今后可以在京城见面，也可以在别的地方见面。"苏轼说。

陈希亮瞥了儿子一眼，对苏轼说："子瞻，别理他，他一天只想着玩儿。你回京后好好表现，争取谋个好差事。"

苏轼举起酒杯向陈希亮敬酒："谢谢陈太守！过去两年，我在您身上学到了很多。"

"哈哈！不恨我处处刁难你了？"陈希亮笑道。

"有的动物外表柔软，内心很硬，比如鱼肉里面隐藏着尖刺。而有些动物外表坚硬，但内心却柔软，比如……"苏轼一时没想起来，接着说，"有些人也是这样，陈太守就属于外硬内软、外冷内热的人。您对子瞻的好，子瞻记下了。"

"哦？"陈希亮闻言不免惊讶。

"他说您像王八。"陈慥脱口而出，看热闹不嫌事大。

这让苏轼浑身冒冷汗："太守，我不是那个意思！"

"哈哈哈哈……"陈希亮再一次大笑，"无妨无妨，王八长寿，我就当你是在祝福我了！"

短短三年时间，朝廷格局却瞬息万变。

宋仁宗去世后，宋英宗即位。这位英宗久闻苏轼大名，想破格提拔他为翰林学士，但遭到了宰相韩琦等人的反对。韩琦建议让苏轼先通过官员选拔考试。

英宗不解："要是任用一个不了解的人，那必须让他考试，但他可是苏子瞻，天下谁人不知他的才华，他还需要考试吗？"

"当然需要。"韩琦解释道，"天下人都知道他有才华，但他年纪尚小，资历不够。若你现在就破格提拔他，难免会招人不满，反而对他不利。考试对他而言难道不是轻轻松松的事？让他名正言顺地做官，不是更好吗？"

韩琦虽然欣赏苏家两兄弟的才能，但他处事依然以原则为先，从不意气用事。

英宗叹服地点点头："还是韩宰相深谋远虑啊！那就这么办吧。"

于是，苏轼通过了学士院的考试，在史馆谋得了一份差事。官位虽然不大，但成天能和喜爱的名家珍本、书稿、绘画为伴，他自然万分满意。

更重要的是，他终于与父亲、弟弟团聚。家里人多了，南园一下子变得热闹起来，调皮的苏迈满院子乱窜，扯两下园中花草，踩两脚池里的水，还需有个人专门盯着他。

那个人自然不是妻子王弗，从凤翔回来后，她的身体每况愈下，苏轼在京城找了好些大夫，效果都不尽如人意。眼见妻子消瘦得几乎认不出来了，苏轼心痛不已，却又束手无策。

倒是王弗安慰他说："人活一世，自有天命，如果我这一关闯不过去，那就是天意如此，你不必太为我伤心。"

"可是我们在一起才十年，我还没让你过上好一点的日子。"苏轼声泪俱下。

"跟你在一起的每一日，都是好日子。"王弗挤出一个浅浅的笑容。

五月，王弗病逝，年仅二十六岁。

苏轼将自己锁在屋里，不吃不喝不出门，苏洵和苏辙轮流来敲门也不应。最后乳母将苏迈带到他的床边，让苏迈唤他"爹爹"，他才像灵魂重新回归，眼里有了神。

他抱着弱小的苏迈大哭起来："儿啊，你娘怎么舍得丢下我们！"懵懂的苏迈仿佛此时才理解了母亲离去的事实，也大哭起来。

苏轼想将王弗葬在京城，便于祭奠。但苏洵对他说："你将来还会四处为官，将她葬在老家，葬在你母亲的旁边是最合适的。"

苏轼听从了父亲的建议。

但让他没想到的是，一年不到，父亲竟也离开了，留下了刚刚完成的《太常因革礼》。

苏洵的身体一向不错，但熬更守夜地编纂书籍快速拖垮了他五十多岁的身体，工作刚结束，他便一病不起了。

或许是知道自己大限将至，最后的时间里，他不停给苏轼兄弟二人交代后事：

"《易传》还没有完稿，你们要继续写下去。"

"你们的伯父苏澹死得早，他的儿孙们，你们今后要多帮衬。"

"你们还有个姐姐死后没有好好安葬，你们要想想办法。"

"我死后，一定把我运回老家，埋在你们母亲旁边。"

……

一连痛失两位至亲，苏家上下一片愁云惨雾。

苏轼和苏辙在浑浑噩噩中操办了父亲的葬礼，白天接待着各方前来悼念的人，晚上则一起守夜、一起痛哭。

短短数年，兄弟二人共同经历了数次生离死别，如今父母双逝，他们只剩彼此相互扶持了。

张方平作为长辈日夜在灵堂陪伴着他们，安排厨房给他们做吃的，再盯着他们吃下去。兄弟二人满脸憔悴，泪水吧嗒吧嗒地往碗里砸。

"还想着过几年，孙子孙女多起来了，父亲就别再编书了，在家享绕膝之乐就行，结果……"苏轼又伤痛又遗憾。

苏辙则坐在旁边，额前长发垂落到碗里都浑然不知，一口口将白米饭闷进嘴里。

欧阳修前来凭吊，苏家兄弟赶忙起身，招呼下人设坐、泡茶。

欧阳修连连摆手："不必拘礼了，我知道这几日你们都心力交瘁，也不枉你们的父亲生养你们一场。"

兄弟二人红着眼眶，断断续续地向欧阳修讲着父亲的生前事。

欧阳修此时也已年迈，他这两年口齿开始不太清晰，眼珠也有几分浑浊。"大约一年前，我跟你们的父亲在闲聊时，开玩笑说，等我去世以后，想请他为我写墓志铭，谁知他却先我一步离去。如此这般，不如就让我为他撰写墓志铭吧。"

苏轼和苏辙求之不得，忙站起身来向欧阳修行礼。

司马光前来时，见两兄弟仍在堂前泣不成声，便问他们接下来的安排。

"我们要将父亲和我亡妻王氏的棺椁运回眉山老家，别的事，就只能先放一边了。"苏轼说。

"我还能为你们做点什么吗？"司马光问。

苏轼想了想，试探着问："大参相公如果不介意，我母亲的墓志铭还没有写……"

"早就听说苏夫人是一位奇女子，善待夫君，下训子女，聪明且品格高尚。只是我对苏夫人的故事知道得很少，要不你们都告诉我，我好写进墓志铭？"司马光说。

苏轼和苏辙没想到司马光会一口答应下来，连忙鞠躬致谢，哭得更厉害了。

宋英宗欲赐给兄弟二人百两银子，用于安葬苏洵。但苏轼考虑到父亲一生都在渴慕官位，于是特向英宗申请，能否将银子换成一个"光禄寺丞"的虚衔，让父亲在九泉下也能开心。

　　这个要求并不高，宋英宗答应了。

　　苏轼和苏辙护送父亲和王弗的灵柩回乡，再次走水路，自汴河入淮河，逆渡三峡。这次的风浪比上一次更大，一路难行，直到次年四月才到达眉山。

　　他们将父亲葬于母亲墓冢旁专门留出的空穴，王弗则葬在父母墓穴的附近。苏轼特为苏洵买的四块吴道子的门板画也一同载了回来，存放在专门修建的四菩萨阁里。

送安惇秀才失解西归

宋 苏轼

旧书不厌百回读，熟读深思子自知。

他年名宦恐不免，今日栖迟那可追。

我昔家居断还往，著书不复窥园葵。

揭来东游慕人爵，弃去旧学从儿嬉。

狂谋谬算百不遂，惟有霜鬓来如期。

故山松柏皆手种，行且拱矣归何时。

万事早知皆有命，十年浪走宁非痴。

与君未可较得失，临别惟有长嗟咨。

第六章

变

法

两年又三个月的居丧期即将结束，苏轼知道，这一回京，他跟弟弟恐怕又要分别了。

站在老屋庭院母亲栽种的果树下，苏轼问苏辙："你说，如果当初我们都不出眉山，是不是就不用分开了？"

"你看那树上的鸟窝。"苏辙指了指，"小鸟长大了，一定会被鸟妈妈赶。因为如果不走，鸟窝不够住，虫子不够吃，它们也不知道天空辽阔。"

"我吃得又不多，不常饿。"苏轼笑了笑。

"但你的思想常饿。区区眉山，喂不饱你的。"苏辙意味深长道。

熙宁二年（1069年），苏轼和苏辙回到了汴京。他们将故乡之事托付给堂兄苏子明和其他几位朋友，临行前还一起种下了荔枝树，相约待兄弟二人回乡时一同采摘。

离乡前，苏轼娶了王弗的堂妹王闰之为妻。他们初识时，闰之还小，如今十年过去，她出落得亭亭玉立，性情温婉，成为苏轼心中最合适的续弦人选。

苏轼和苏辙守孝这些年，朝堂又变了天。

宋英宗只在位了四年便因病驾崩于福宁殿，年仅二十岁的宋神宗匆匆即位，急于描绘自己的政治蓝图。他认为最重要的就是要富国强兵，才不会被西夏和辽国威胁。王安石因为与宋神宗有相同的观点，一时成了朝中红人。

苏家兄弟刚到京城的家没多久，就陆续有朋友闻讯赶来拜访，迫不及待地给他们分享朝中新闻，其中就有苏轼在凤翔认识的朋友章惇。

章惇出生于官宦之家，同是博学善文之人，苏轼在凤翔时，他在离凤翔不远的商洛为官，与苏轼一见如故。

在苏轼的印象中，章惇胆子很大。有次两人正在山寺喝酒，几个人惊慌地从山上跑下来，大喊："有老虎下山了！"

苏、章二人喝多了，酒壮人胆，骑上马就要去会一会老虎。在离老虎仅有十米远的距离时，马已吓得不敢往前了。

"马都走不动路了，要不我们还是回去吧？"见这阵势，苏轼的酒醒了一半。

"怕什么？看我的。驾！"章惇策马到老虎旁边，掏出不知何时准备的一面铜锣和石头，"哐哐"就是一阵猛敲，老虎一惊，直接跑掉了。

下山路上，章惇对苏轼说："你这胆子也太小了，将来肯定比不上我。"

苏轼哈哈一笑："要是这老虎胆子也大，恐怕就是另一个故事了。"

苏轼回到家，将这天发生的事告诉了王弗，盛赞章惇的机智和胆识。

"这人确实不简单，我听说礼部试的时候，他因为排名低于一个家中族侄，质疑考官水平，直接放弃了录用资格。"王弗停顿片刻，"虽然他才华不俗，但感觉性格有点偏激，官人还是谨慎交友比较好。"

"我看他人挺好的呀，不过夫人放心，我一定会注意的。"苏轼答。

章惇早苏轼一年回京，离开之前，还特地带着朋友来跟苏轼道别。接下来的四天里，他们一起游南山、大秦寺、延生观、仙游潭等名胜，颇为意气相投。

在南园尚未归置好的客厅里，章惇告诉苏轼，如今王安石已被任命为参知政事，朝廷还要设立一个新机构，叫制置三司条例司，专门负责变法。王安石把苏辙也列进了机构名单里，一场变法就要开始了。

一听变法，苏轼瞬间感到不安。朝中变法的呼声始终没有停过，但在他看来，要么太保守，要么太激进，所以他一直都持反对态度。但这次，年轻的宋神宗估计是铁了心要搞出个新花样来。

"章兄，你打算站在哪一边？"苏轼问。

"现在变法是大势所趋，我自然要支持，这样才能有我的用武之地嘛。"章惇说完，望着苏轼，"我知道欧阳修对你有提携之恩，但如今他反对变法，处处被排挤，已然靠不住了。"

这话虽然让苏轼听着有些不舒服，但他愿意相信对方是为他好。

章惇接着说："你回乡的这三年，宫里的老臣死的死、走的走，反对变法的人都没什么好下场。你若想在朝中站稳脚跟，就必须站在王安石这边。"

"唉……你让我再想想吧。"苏轼缓了缓道。

送走章惇后，苏轼听见旁厅有响动，过去一看，竟是苏辙在悠闲地喝茶。

"刚才让你一起见见他，你借口说身子很累不肯出来。"苏轼翻了个白眼道，"那我们的对话，你都听见了？"

"听见了。"

"王安石为什么会让你去那个什么三司条例司呢？"

苏辙眉头紧了一下，说："我曾经上策说'当今之势，不变其法无以求成功'，不知是不是这个原因。"

"你要变的法，和他要变的法，能是一个法吗？"苏轼心里烦闷。

"兄长莫急，我听说王安石的变法主要在经济和军事上，等具体的做法出来，咱们再讨论也不迟。咱们刚回来，今天兄长还是早点休息吧！"

王安石的变法方案，更多是来源于他在多地任地方官时的实践经验，包括增加国库收入的青苗法、免役法、均输法，整顿军队的将兵法、保甲法等。除此之外，他还要改变科举制度，取消可以自由发挥、展现文采的诗赋考试，改为有标准答案的经义、策论。

他想以最快的速度和最高的效率，将国家打造为一台坚固的机器——财富高度集中、兵力强盛、人才思想统一。这在倡导思想开放、文人当道的北宋，遭到了强烈的对抗。

司马光等人指责王安石的变法是在"与民争利"：国库充盈了，老百姓的生活却越过越苦。

苏轼和苏辙私下也多次讨论过变法，他们皆是以辩证的角度看待，认为变法有可取之处，但同时也问题多多。这也是为什么苏辙一直积极进言，愿意进入条例司工作的原因，他对变法可以"商量着来"还抱有一些希望。

而苏轼则比较倒霉，他一开始就被挡在了变法的门外。自从他上书提醒宋神宗不要用力过猛，造成"求治太速，进人太锐，听言太广"的情况后，王安石明里暗里都在提防他。

宋神宗想让苏轼负责修中书条例，王安石便说："我和他的学识和想法太不一样了，还是让他做点别的事情吧。"

宋神宗想重用苏轼，王安石又说："他虽然有几分才华，但学的东西不正，像他这样的人，才华在治理国家方面没什么用处，还会适得其反，陛下一定要当心啊！"

久而久之，宋神宗心中也犯嘀咕，苏轼究竟是不是真的可用之才呢？另一边，不断碰壁的苏轼也备感痛苦，他沮丧地想，反正自己说的话也没人重视，干脆在官告院混个差事，闭嘴待着，也落个清净。

见哥哥被排挤，苏辙在条例司也没闲着。他在多次朝堂辩论中跟苏轼站在一边，同时，也跟王安石、吕惠卿等人因为政见不合，吵得不可开交。王安石无数次后悔：当时怎么想的，把他弄了进来？

苏辙非常反对新法中的青苗法。青苗法主要指在每年的夏、秋两收前，百姓可到当地官府借贷现钱或粮谷，以便于耕作。但这在苏辙看来后患无穷。

他对王安石说："地方政府把钱借给百姓，归还时收取两分的利息，这看似在救济百姓，但可能会造成监管不力、官吏舞弊的现象。老百姓一次性得到那么多钱，难免会乱花，该交钱时还不上，地方政府只能把自己的钱贴给国库。这样一来，百姓穷了，地方穷了，光是国库有钱，有什么意义呢？"

这次，王安石居然没有立刻反驳，而是回道："你说得也有道理，我再想想。"

苏辙本以为这个倔老头终于肯听劝了，谁知这只是王安石的冷处理。最终王安石依然下令施行青苗法，那已是后话。

在王安石将手伸向科举改革，主张仅凭"标准答案"为国家选拔人才时，苏轼终于坐不住了。他上奏一封《议学校贡举状》，坚决反对取消诗赋而加重对经义、策论的考核。在他看来，诗赋能体现出人的精神世界，也是一个人最为宝贵的品质，而策论只需死记硬背即可，无法判定一个人的真实水平。

宋神宗看后大悦，心想苏轼终于不再装死，加入"群聊"了，于是立即召见了他。

在大殿上，宋神宗对苏轼进行了赏赐，大赞他勇于发言的态度，让他今后多提意见。

苏轼一听有戏，赶忙说："陛下，苏某只是说出了心里话，若能阻止科举改革，也算没有白费工夫。"

宋神宗一愣，忙岔开话题："朕赏的东西，你最喜欢哪一样？下次多给你留意着。"

苏轼内心喜悦又有些惶恐："苏某不敢，不过在科举制度上，臣还以为……"

"苏卿啊，说了这么久，口渴了吧？这里有人专程从杭州带回的龙井，快尝尝。"

"皇上，让人死记硬背的考试断不可取，千万不能让那些苦读多年的文人学子寒了心啊。"

"那是当然了，来喝茶，喝茶……"

那天夜里，苏轼难得高兴，叫上苏辙一道在凉亭里喝酒。

苏辙给哥哥满上酒，犹豫了许久还是忍不住提醒道："兄长别高兴得太早，我感觉皇上只是想鼓励你积极参与政事，王安石和司马光都赞成科举改革，这一步是很难收回来的。"

"看皇上对我又夸又赏的样子，不像是骗人的啊。"

苏轼又闷下一口酒。

苏辙不忍打击哥哥的兴致，但以他对王安石的了解，科举改革已是箭在弦上。而且一旦王安石担心宋神宗有所犹豫，更会刻不容缓地推行变革，青苗法就是很好的例子。

事实也证明，苏辙的推测是正确的。

在"反对变法派"的官员接连离京后，苏轼发现身边的朋友越来越少了。他接连抨击了多项变法新政后，自然也被划分进了"反对派"一方。

一天，苏辙从宫里匆匆赶回来，水都没喝上一口，便小跑进了书房。

苏轼见他一头汗，打趣道："子由，路上遇到狗追你了？"

苏辙喘着粗气，尽量让自己快速平静下来，沉重地说："兄长，你被弹劾了。"

"谁？"

"谢景温，他是王安石的亲戚，我觉得他们商量好了，想背后捅你一刀。"

苏轼一听人名，不是熟人，反而淡定了，问："弹劾我什么事？"

"说我们在从眉山回京的路上，挟带着货物一路做生意，还向地方官借用兵卒。"

"真是荒唐。没有的事，何必担忧呢？你还是先喝口茶吧。"苏轼安慰弟弟。

"若只因为这次污蔑，我也不觉得有什么，但是……"苏辙欲言又止。

"但是什么？快说吧，我顶得住。"苏轼一副无所谓的样子。

"我听说，司马光听完对你的诬告后，当场辞官，说连苏子瞻反对王安石都落得这个下场，他担心自身难保。"

"然后呢？"

"然后……皇帝说你并不是什么好官，让司马光不必太担心。"

苏轼可算明白了苏辙担忧的缘由，原来在皇帝的眼中，他苏轼已没什么好印象了。是去是留，都无足挂齿。

没过多久，苏轼竟听说了苏辙要被派往陈州的消息。他万般不解，忙问来报信的张方平："子由在任上干得好好的，变法也正需要用人，为什么突然要被派往外地？"

张方平将了将胡子，欲言又止，最后说道："前些日子，子由为了维护你，跟王安石大吵了一架，还惊动了皇帝。他没告诉你吗？"

苏轼摇了摇头。

"听说，王安石的主张获得了皇帝的支持，于是他得寸进尺，以子由不适合参与变法为由，建议皇帝将他外派。谁知皇帝真听那个老头的话啊！"张方平语气激动，气得直跺脚。

苏轼闻言内心五味杂陈，没想到自己的坚持连累了弟弟，又生气又心疼。倒是苏辙反过来安慰他："兄长无须责怪自己，我和王安石本就处处相对，早就不想和他共事了。变法把朝堂搞得鸡飞狗跳的，我正想出去躲个清净！"

"还以为这次回京，我们能在一起多待上些时日，结果又要分开了。"苏轼很是无奈。

"如今京城乌烟瘴气，兄长务必保重自己，信不要断！"离开前，苏辙依依不舍，反复叮嘱兄长。

苏辙带着兄长满心的担忧离开了京城。苏轼连着几日都没能睡好，苏辙被贬，也让他第一次主动想离开这个容不得自己的地方。谁知，好友曾巩比他先行一步。

曾巩与苏轼同为欧阳修的弟子，当年他们一同中举后，曾在欧阳修的宅院里作诗饮酒，畅聊国事的日子仿佛就在昨日。如今，欧阳修隐退后，曾巩也要离开了。

临行前，他对苏轼说："子瞻，属于我们的时代已经过去了，这偌大的京城，如今不再有我们的容身之处，我只好到其他地方去寻得一方自在天地。"

苏轼眼含热泪："是啊，天地之大，哪里没有容身之所呢？待我也找到好去处，咱们接着把酒言欢！"

苏辙和曾巩相继离开后，苏轼在归隐还是外派的问题上犹豫了很久，此时他无比怀念曾经在家读书、种花、游玩的时光，也对自己发出了灵魂拷问："万事早知皆有命，十年浪走宁非痴。"

在发了无数通牢骚之后，苏轼向宋神宗申请了外派任职。他对仕途仍然抱有期待，放不下也弃不了，外派或许是他对当下的逃避，也可以说是对未来的争取。

宋神宗很快同意了苏轼的外派请求，只是去处让他犯了难。

按理说苏轼在凤翔的表现不错，任命个通判不成问题，但王安石和谢景温百般阻挠，在宋神宗耳边吹风："苏轼这人行事不端，才华也用不对地方，就在附近做个判官再合适不过了。"

宋神宗犹豫不决，耳边又响起了那天司马光在殿上那番夹杂怒意的话："就因为有人控告苏轼，就断定他不是好官了？那个谢景温是王安石的亲戚，他为什么说苏轼的坏话，皇上还不明白吗？我自认为是了解苏轼的，他是有缺点，但也总比王安石身边那个母亲去世都隐瞒不报的李定好多了吧？"

"罢了，都别再说了，最近杭州通判空缺，就让他去吧。"宋神宗扶住额头，冲王安石等人摆了摆手，让他们退下了。

熙宁四年（1071年）六月，汴京城内紫薇花开，小巷、屋前一簇簇的淡紫色错落有致，为冰冷的城墙增添了一抹温度。

南园里的伙计们在做最后的忙碌，他们将一家人大大小小的行李逐一放上马车，再将院落清扫归置，以等待不知何时归来的主人。

苏轼走在人群的最后，他一步一回头，望着满园的瓜果蔬菜，父亲曾亲自打理的假山水渠，池塘里嬉闹的鱼儿，石板上还留有孩子们调皮的印记，一时觉得恍惚。虽然已经将满园的生命托付给了值得信赖的朋友照料，他仍留恋不舍。

苏辙已于年前去了陈州任职，如今，他也要走了。这个原本热闹的家，如今门窗皆闭，冷冷清清。朝堂上，反对变法的官员已经贬的贬，走的走，他算是离开得晚的了。

若有所思时，一个年轻人唤道："苏先生？"

苏轼抬头一看，认出此人是拜司马光门下的，便问："有什么事吗？"

年轻人拜了下苏轼，抬头说："我是受我家恩公司马光之命，特来跟苏先生告别的。恩公希望苏先生一路平安，仕途顺利，盼望来日还能和苏先生一起品茗聊天。"

苏轼这才记起，司马光难忍与王安石一类共事，已申请退居洛阳任职，算算时日，也是差不多这几天就要动身。

　　"感谢大参相公的挂念，请代我转告：来日方长，今后如果有机会，苏某一定前去拜会。"

　　年轻人走后，苏轼跨出了门槛，亲手扣上了自家院门。

　　一旁十二岁的苏迈已有苏轼肩头高了，他捧着一盆刚从院子里移植出来的月季花，问道："爹爹，我们还回来吗？"

　　苏轼望着儿子真切的神情，笑着反问："你想回来吗？"

　　"想，我的好朋友都等着我回来呢。"苏迈说。

　　王闰之担心苏轼伤神，便将怀中一岁的幼子递给奶妈，招招手将苏迈叫了过去："我们肯定要回来的。到时候，你养的小鱼说不定都下小鱼崽儿了。"

　　"走吧，天黑之前要赶到驿馆才行啊。"苏轼轻叹一声，就再没有回头了。

欧阳少师令赋所蓄石屏

宋 苏轼

何人遗公石屏风，上有水墨希微踪。不画长林与巨植，独画峨眉
山西雪岭上万岁不老之孤松。崖崩涧绝可望不可到，孤烟落日相溟濛。
含风偃蹇得真态，刻画始信有天工。我恐毕宏韦偃死葬虢山下，骨可朽
烂心难穷。神机巧思无所发，化为烟霏沦石中。古来画师非俗士，摹写
物象略于诗人同。愿公作诗慰不遇，无使二子含愤泣幽宫。

第七章

出

京

去杭州的路上，最值得苏轼期待的是会经过陈州苏辙家。

苏辙到陈州任教授还不满一年，职位也不高，所以居住的房子又破又小。为了迎接哥哥一家，他特意腾出了最大最好的两间卧室，叫人收拾干净，自己则跟妻子、孩子挤一张床睡。

相聚之日，苏辙家难得热闹。苏轼一进屋，就被思念他已久的侄子侄女们团团围住，苏辙则一把搂住了抱着花盆的苏迈。

苏辙的妻子史氏将王闰之搀扶进屋，王闰之产下第一胎苏迨后，身体恢复得比较慢，一到阴雨天就会关节酸痛。

史氏关心地问道："妹妹身体好些了吗？"

王闰之气色大不如前，轻轻摇头道："也不知道为什么，我生个孩子就那么费劲。"

"那人与人之间肯定不一样啊，咱们不管别人，好好养着自己的人就是了。"苏轼突然插进来一句，也不知说的是妻子，还是儿子。

苏轼环顾着弟弟家的屋舍，客厅虽然已减去了不必要的桌椅，但装两家人依旧拥挤不堪，窗户上的帷布破破烂烂的，想要缝补都无从下手。最让苏轼没想到的，是这房梁不到两米高。他担忧地望向苏辙，略带几分玩笑地说："让我来看看，头上被撞几个包了？"

他的一番话逗笑了众人，还是史氏提醒："饭菜凉得快，等吃完了饭，子由再陪兄长好好聊吧。"

苏轼终于又回到了他最怀念的生活状态，和苏辙同在书房里，温书喝茶，吃烤得焦香的点心，畅谈万千。

苏辙的书桌摆放在书房的窗边，好几次起身，他的头都险些碰到旁边的窗框。孩子们叽叽喳喳的吵闹声随时从屋外传进来，环境跟南园的大书房差距甚远。

苏轼见状，打趣苏辙道："宛丘先生长如丘，宛丘学舍小如舟。常时低头诵经史，忽然欠伸屋打头。斜风吹帷雨注面，先生不愧旁人羞。"

苏辙笑道："住这小房子，狭窄简陋，稍不注意就会撞到桌、碰到头，倒也正好提醒我动作轻柔、做事细致。"

苏辙总是最懂苏轼的人。给哥哥沏上一壶自己不舍得喝的茶，在一旁安静地听哥哥发发牢骚，是两人日常相处最舒服的模式。

"子由，你说我们俩当年考那么好，怎么就混到今天这步田地了呢？"

"今天的局面，我真是万万没有料到的。不光是你我，父亲、张恩师、六一居士、一众朝中大臣都不会料到。"

"唉，我实在是没办法当睁眼瞎，对那些不赞同的事情拍手称快。如果是那样，我还不如不当官了，回眉山养老去！"

"兄长还是太相信别人，太把喜怒哀乐挂脸上了。"苏轼说了许多，苏辙才回一句。

"我知道你说得在理，但我三十多岁的人了，改起来哪有那么容易……"苏轼长叹一声。

"兄长若是信我，这次去杭州，一定要谨言慎行，不要轻易表露自己的想法，多找合作者，少树敌。"苏辙又将苏轼身前的茶杯斟满。

苏轼若有所思地望着险些外溢的茶水，灵光一现地点点头："妙啊，子由这茶倒得……是要提醒我'茶满则溢'吧。"

苏辙听到这话，愣了一下，尴尬地笑了笑说："倒也不是……"

看着弟弟的窘态，苏轼哈哈大笑起来，又与苏辙聊了聊近况。得知苏辙在陈州虽然生活清贫，但教书育人的工作做得像模像样，简单的生活和人事关系，都让他被贬出京的苦闷心情轻松了不少，这也让苏轼一直悬着的心放了下来。

到了陈州，苏家两兄弟必然要去拜会恩师张方平。当初苏辙能够来陈州做教授也是托了他的福。虽然张方平的家底也不厚，但他尽力摆出好酒、好菜款待他们。一进屋，他们便热络地问候，仿佛千言万语早已等在嗓子眼儿，就等开闸一吐为快，差点没发现有陌生人在场。

"这位是？"苏轼见张方平的身边是一个跟自己年龄相仿、面容敦厚的人。

"这是我的好朋友，陈州有名的进士黄寔，现在任司农主簿。他也是性情中人，我猜想你们一定能聊得来，所以专门把他叫上。而且呀……"张方平故作神秘，"说起他的舅舅，也是你的老熟人。"

"哦？"苏轼好奇。

"苏先生，久仰大名！您叫我'师是'就行。我的舅舅是章惇，章子厚。"黄寔答。

"哦！那确实是旧相识了！"

"我是陈州本地人，对这里很熟悉，知道先生很喜欢四处游玩，导游的工作就交给我吧。"黄寔热情地说。

"哎呀，那就太好了！"苏轼激动地说，"子由到陈州的时间不长，我正愁没有向导呢！你们舅甥俩也挺有意思，一个陪我游凤翔，一个陪我游陈州。缘分啊！"

"那就包在我身上了！太昊祠、柳湖、开元寺……都带先生去。"黄寔拍了拍胸膛保证。

那天，他们喝酒聊天到深夜。张方平酒量惊人，他的酒量不论"喝几杯"而是"喝几日"，其余三人都已喝得晕头转向了。

苏轼一喝了酒，话匣子就关不上了。他将新法和那几个推行新法的人给骂了个痛快，嘴里不停念着："众而不可欺者，民也！"

一旁的黄寔安慰道："等你去了杭州，管他什么新法旧法呢！"

唯一清醒的张方平看着趴在桌上睡着的苏辙，以及还在辩论的苏轼和黄寔，无奈的笑意挂在脸上，只吩咐仆人在旁收拾和伺候。

转眼，苏轼一家在陈州已待了两个月，苏辙却坚持要留兄嫂过完中秋节再走。这来之不易的相聚让兄弟俩都备感珍惜。

不巧的是，中秋当日下起了秋雨，苏辙的陋舍屋顶漏水。孩子们赶忙拿出盆盆罐罐四处接水，跑动间嬉笑逗乐，倒像是一场游戏。女眷们收拾着房间院落，起锅做饭，男人们则干些挑水、劈柴的体力活。

夜间，雨停了，幸得满月从乌云里奋力钻出，一家人吃月饼赏月，聊话家常，孩子们在院子里追逐着，一刻不曾停歇。

一向沉默的乳母杨金蝉感慨地对两兄弟说："你们俩小时候也是这么在院子里跑来跑去的，好像身体里有使不完的力气，但你们又从不打架，让人省心。"

另一位乳母任采莲也笑叹道："太快了，这一晃都三十多年了。我们都老成这样了。"

苏辙的大女儿跑过来，扑进任采莲的怀里，大声说："您才不老呢！我想让您像月亮一样，永远都不老！"

众人被逗乐了，苏轼则怔怔地望向月亮。是啊，月亮怎么就不会变老呢？当初那个志得意满的少年，是不是老了呢？

中秋过后，苏辙再没了挽留的理由，便提出送兄嫂一程，这一送又送到了百里以外的颍州。其实苏辙此行还有一个目的，就是和兄长一同拜谒回到这里养老的恩公欧阳修。

欧阳修年轻时曾在颍州做太守，对这里的一草一木都很熟悉，尤其是波光粼粼、种莲插柳的颍州西湖。在因为反对青苗法被朝廷边缘化后，他索性向皇帝请辞，回到颍州这里颐养天年。

苏轼和苏辙到访时，欧阳修正坐在湖边的堤岸上晒太阳，见到二人时，他浑浊的眼睛里突然闪出光亮，没等身边人反应，他已颤颤巍巍地站了起来。

两兄弟忙迎了上去，一面说着："恩公快坐！"

秋天的西湖虽然不比春夏时节那么温暖明快，但胜在清澈的天，爽朗的风。已过花甲之年的欧阳修笑得合不拢嘴，命人在湖边设宴，师生三人借着湖光美景，吟诗作赋、开怀畅饮。欧阳修更是不顾身边人的阻拦，高兴地喝了三大杯酒。

兴起时，苏轼戴上今早刚摘的菊花，边唱边舞，说要为欧阳修祝寿。"插花起舞为公寿，公言百岁如风狂。学生尤其佩服恩公的广阔豁达，希望恩公百岁的时候，我们依然可以像今天一样欢聚！"

欧阳修眯着眼睛，笑得露出了牙龈，时不时拍手叫好，他很久没有这样笑过了。

"我小时候，读到恩公的《醉翁亭记》时，特别喜欢'山水之乐，得之心而寓之酒也'这一句。长大饮酒后，感触更深。那时我就想，我一定要见到恩公，和您喝一次酒！"苏辙在席间说。

"那你的愿望实现了。"苏轼笑道，"恩公都和我们喝那么多次酒了。"

"跟你们喝酒，我高兴啊！如果你们的父亲还在，就更高兴了。"欧阳修说完，不由得叹息一声。苏家兄弟也沉默了。

"不提啦。对了，给你们看个好东西！"欧阳修不愿沉湎在回忆中，换了个欢快的语气邀请苏家两兄弟到他家里坐坐。

欧阳修的宅院是由老宅子改建的，设计得清幽质朴。欧阳修将二人领进自己的"聚宝室"，把自己收藏的一件石制屏风展示给他们看。

苏轼和苏辙虽然也见过不少珍奇宝贝，但仍然被这件屏风震撼到了。屏风平整光泽，石上的自然纹理像是一幅巧夺天工的水墨画。上面的松树和诗作是欧阳修专门请一等一的画工刻上去的。有趣的是，刻画的并不是挺拔、茂盛的青松，而是在落日下、峭壁边的一棵不老松。

"恩公，这棵不老松太妙了，跟您特别相配。"苏轼对艺术品一直是很有见地的。

"怎么样？你俩可不能白看我的宝贝，怎么也得留诗一首吧。"欧阳修笑眯眯地出题。

兄弟俩笑着答应下来，开始思索。一旁的书童则赶紧铺纸、磨墨，生怕慢一点，这两人的"诗绪"就跑掉了。

苏辙作诗：

石中枯木双扶疏，粲然脉理通肌肤。剖开左右两相属，细看不见毫发殊。

老槠剥落但存骨，病松憔悴空留须。丘陵迤逦山麓近，云烟澹霭风雨余。

我惊造物巧如此，刻画琐细供人须。公家此类尚非一，客至不识空嗟吁。

案头紫云抱明月，床上寒木翻饥乌。赋形简易神自足，鄙弃笔墨嗟勤劬。

天工此意与人竞，杂出变怪惊群愚。世间浅拙无与敌，比拟赖有公新书。

欧阳修看后点点头："确实是子由的风格，务实、精细，

119

道出了鬼斧神工的妙义啊！"

苏轼作诗：

何人遗公石屏风，上有水墨希微踪。

不画长林与巨植，独画峨眉山西雪岭上万
岁不老之孤松。

崖崩涧绝可望不可到，孤烟落日相溟濛。

含风偃蹇得真态，刻画始信天有工。

我恐毕宏韦偃死葬虢山下，骨可朽烂心
难穷。

神机巧思无所发，化为烟霏沦石中。

古来画师非俗士，摹写物象略与诗人同。

愿公作诗慰不遇，无使二子含愤泣幽宫。

欧阳修一看，笑道："子瞻的想象力确实丰富啊，
毕宏和韦偃都搬出来啦！若真是他们的艺术之魂为石头

作画，倒也是一件好事。其实何止是画家啊，我们自己，不也有'愤泣'的时候吗？"

半个月的相处不算短，但对于他们而言，一定不算长。临别之时三人都十分不舍。

欧阳修笑眯着眼睛，避开仆人的搀扶，握紧苏轼和苏辙的手叮嘱道："你们宁愿离开京城，也不愿为了仕途迎合别人，做自己瞧不起的事，是有'道'、遵循'道'的表现。记住了，你们终究与吕惠卿、曾布这类曲意逢迎的人不一样，但这类人还有很多。道不同不相为谋，你们走好自己的道就可以了。"

两人答应着，与欧阳修依依惜别，内心计划着下次再来看望恩师的时间，没想到，这竟是与恩师的最后一面。

和哥哥在颍州分别，苏辙独自回到陈州，很是消沉了一段时间。除了思念哥哥，还有一个重要的原因是，他的忘年交李简夫去世了。

李简夫是陈州当地人，曾经官至太常少卿，他是个乐天派的老头，爱作诗，在京城时，跟宰相晏殊的关系很好。但因为身体抱恙，早早回到了家乡休养。苏辙到陈州时，他已经退隐十五年了。

第一次见面，李简夫见苏辙咳嗽不止，便主动关心起这个仕途不顺的后辈，热情地介绍自己的大夫给他。苏辙囊中羞涩，又不知道该如何拒绝，只得推托道："子由从小体弱，药不离身，也习惯了。"

似乎是看出了苏辙的难言之隐，李简夫笑道："费用你不必担心，你的毛病跟我的相似，我让大夫抓药的时候多抓一把就行，我们也算是病友了！哈哈。"

在如兄如父的李简夫面前，苏辙很快放下了拘谨，两人常常聚到半夜，相谈甚欢。

家里人像哄小孩儿似的哄着李简夫："老爷子，再不睡觉，又得再多病半个月了！"

"不碍事，不碍事。"李简夫摆摆手，笑嘻嘻地回道，"反正就没有不病的时日，多它半个月又何妨呢？"

李简夫的乐天似是感染了苏辙，冲淡了他初到陈州时的愤懑和苦楚。虽然苏辙仍旧放不下报国之心，但与李简夫种树、养花、谈诗的悠闲时光，都让他觉得自己还是一个对人、对事有用的人。

那天，他们聊了许久，离开李简夫家时，天色已暮。

院子里的小径和花圃却看得比往日更清晰，苏辙不由得停下了脚步。

深秋时节，院里依然有花开得正盛，落日余晖沾染在覆有落花的泥土上，像是撒上了一层薄薄的金屑。近处是浅藏在菊花中的蝴蝶，远处是在桐树上欢蹦的乌鸦。他自然吟出一句："游观须作意，霜雪仅留槎。"

今日的景色美了很多，或许是因为自己快乐了一点吧。

苏辙陪李简夫度过了人生最后一段时光，见老人日渐消瘦、精神不振，苏辙时常到他的病榻前看望他，二人似乎有说不完的话。

这天，苏辙将李简夫最爱吃的蜜饯包好藏进衣袖，准备偷偷拿给他，让他高兴高兴。谁知一踏进府，就见院里挂满了白色的丧幡，仆人们在忙碌地布置灵堂。李简夫的外孙张未从里屋走出来，肿着双眼对苏辙行礼："教授，外公今后都无法跟您彻夜长谈，也吃不到这些蜜饯了。"

苏辙的心在那一瞬间空了，庭院里李简夫照顾的花草依旧开得茂盛，照顾花草的人却离去了。李简夫曾填满了苏辙对陈州和未来的期待，如今什么都没了。

吴中田妇叹

宋 苏轼

今年粳稻熟苦迟，庶见霜风来几时。

霜风来时雨如泻，杷头出菌镰生衣。

眼枯泪尽雨不尽，忍见黄穗卧青泥。

茅苫一月垅上宿，天晴获稻随车归。

汗流肩赪载入市，价贱乞与如糠粞。

卖牛纳税拆屋炊，虑浅不及明年饥。

官今要钱不要米，西北万里招羌儿。

龚黄满朝人更苦，不如却作河伯妇。

第八章

杭州

苏轼与弟弟苏辙在颍州分别后，带着一家人十一月时终于抵达了杭州，这是他第一次来到这个南方的城市。

他们的住所位于凤凰山顶，那里是杭州城里观景绝佳之处。一早起来，打开南边的窗户，就能看到钱塘江水奔涌而来，大船顺着江水向下出海。江风扑在脸上，似一双有力的大手拂过。

打开北边的屋门，眼前是开阔的西湖，四面环山，空气清冽，混合着芳草的本味。孩子们吵着要去湖边玩，王闰之叮嘱了几句，就让乳母带去了。转过身，见苏轼已穿好了衣衫。

"你昨晚睡得晚，早上我就没叫你。是被鸟声叫醒的，还是孩子们太吵了？"王闰之一边给他拧着擦脸的湿毛巾，一边问。

"不知道，但也没觉得特别困。"苏轼接过毛巾，只觉凉气逼人，胡乱往脸上搓了搓。

"炉子里的水冷了，要不我再给你烧一壶？"王闰之说。

"不用，已经擦干净了。"苏轼咧嘴笑了笑，接着说，

"你觉不觉得，这里跟眉山有点相似？"

王闰之一愣，有些了然："你是说，有山有水，气候潮湿？"

苏轼点了点头："我发现南方的景象多是如此，四季分明，空气里都夹杂着水汽，北方却太干了，好像要从人的身体里把水分吸过去似的。"

"哪有那么夸张。"王闰之笑道，"不过，这里的冬天比眉山还要冷，风还要烈。"

苏轼望着西湖出了一会儿神，不自觉地吟道："我本无家更安往？故乡无此好湖山。"

王闰之的心里安稳了些。离开京城一路南下，她一直担心丈夫的情绪，如今托这个幽静小院的福，苏轼还能自我安慰一番，夸夸这里的湖山。

苏轼到杭州了才发现，这里的人对诗人很敬重，都非常热情真诚地欢迎他，这给了他一个大大的惊喜。

他是一个闲不住的人，在一处当官，就总想为当地的百姓多做点什么。仿佛这样，才配得上所拿的俸禄，才能住既能观湖又能观潮的大房子。

苏轼时常想起杭州孤山上的名僧惠勤曾对他说："我在这深山里住了几十年，鲜少出山。我看外面的所有事情，都是别人的事情，与我无关。"

惠勤接着说："而哪些事与我有关呢？夏秋时节小溪会涨水，鱼游得特别欢；乍暖迎春的时候，鸟都飞出来了，有时停在屋檐上；屋院外有一片李树，日照足的年份，果子特别甜……面对这些事，我怎么会心情不好呢？"

他赞许地点点头："高僧明智，只是……跟我有关的事，大多是'山外面'的事，而我的'山'又太小了。"

而惠勤则端起一杯茶，将茶水倒在桌上，画了个圆圈，再把杯子放到圈里，对苏轼说："你的山有多大，取决于你的心。"

从那以后，苏轼豁然开朗，就做好"山中"的事情吧。

通判地位仅次于知府，主要的工作是掌管粮运、水利和诉讼等事项。苏轼到任没多久，就听同僚说，自从王安石变法之后，犯法被捕者人数大增，衙门每天都人满为患，有断不完的案件。这让苏轼大为上火，对变法的恨意又增添了几分。

到杭州的第一个除夕夜，本应早早回家与家人团聚，但已至日暮，厅内仍挤满了等候发落的"罪犯"。

"剩下这些人，也是违反了盐法？"苏轼问同僚。

"还有别的，但以违反盐法的最多。"同僚也有些无奈。

苏轼叹了口气，匆匆灌了杯茶水润嗓子，接着吆喝："大家都别急，一个一个来，其他人务必保持安静，我都快听不见了！"

事实上，王安石变法的内容从大方向来看是具有突破性的，也确实让朝廷变得更有钱了。但在当时，各级官员沆瀣一气，民众的认知水平不高，变法落实到地方之后就"变了味儿"，大大加重了底层百姓的生存压力。这也是苏轼等人反对变法的原因之一。

"你为什么贩盐？"

"我不这么做，就只能眼睁睁看着一家老小饿死了。"

这是苏轼到任后最常见的对话。他甚至开始愧疚："为什么百姓已经如此艰难了，我还要去治他的罪？他只不过是想有口饭吃，想活下去而已啊！"

这一年的除夕让苏轼记忆深刻，快子时他才拖着疲惫的身体回到家，一屁股坐在了院里的石阶上，四肢被冻得有些僵硬也全然不觉。又过了会儿，妻子和守岁的孩子们迎了上来，王闰之看出了丈夫的反常。

待孩子们嬉笑跑开后，王闰之柔声问："石阶又凉又潮湿，进屋去吧，我帮你泡个脚，暖和暖和。"

岂料苏轼忽然低下头，肩膀微微抖动，他握紧拳头极力压抑，泪水却还是涌出了眼眶。那一刻，仿佛所有的勇气都被巨大的悲伤淹没了。

王闰之被吓了一跳，连忙握住他的手，却仿佛握住了一块冰。

苏轼摇了摇头，又摆了摆手，低语道："我只是觉得，我越来越不像自己了。说要让百姓过得更好，结果除夕夜却在审判那些贫穷的人。反对变法，结果还是按照新法的规矩办事。我有什么用呢？辅佐君主不行，如今连最看重的气节都快丢了。我简直太失败了！"

王闰之抚了抚苏轼的后背，安慰道："为官的事情我不懂，但我知道，你是一个为民着想的好官，杭州城多一个你这样的好官，就多了一份福气。"

"可是我什么都改变不了……"

身后的鞭炮声此起彼伏，然而苏轼的世界静得像一片正在枯萎的苔藓。

第二年的春天来得迟了些，重整旗鼓的苏轼终于有了游西湖的雅兴。在他看来，西湖在各个季节、不同气候都有不可替代的美。

在陪好友蔡准到西湖游玩时，他兴奋地分享着这里一年四季的变化。西湖阴晴的变化，似乎也让他看开了一些阴晴不定的人事，慰藉了他烦闷的心情。

吴山顶上有一座"有美堂"，正是观赏西湖的好地方，加上此地被欧阳修赞颂过，苏轼爱屋及乌，常去喝茶小坐。

一次苏轼正在有美堂赏景，突然天色暗沉，疾风呼啸，眼看就要下暴雨了。一阵响亮的雷声在天空中炸开，把苏轼吓了一跳。乌云越积越多，像是怎么扯都扯不开，西湖之水被狂风吹得四面荡漾，仿佛要溢出来了。

苏轼一阵兴奋，对身边的友人说："这样的场景可遇不可求，真想畅饮一番啊！要是李太白在就好了。我一定'唤起谪仙泉洒面，倒倾鲛室泻琼瑰'，问问他，这像不像是海底的珍珠洒遍了人间。"他不止一次形容，西湖上的雨点是晶莹的珍珠。

此时的杭州太守，名为陈襄，为人公正廉明，学问出众。苏轼与他一拍即合，两个人合作默契，干了好些利民工程。

杭州此地若长时间下雨，就会有水灾，而长时间无雨，则会有蝗灾。有时候苏轼前半个月还在卷着裤腿儿和百姓们一起疏通河道，后半个月蝗虫又来了，便要组织人手到处灭虫。

有时候忙得好几天都回不了家，累了就跟大家一样睡在墙角边。为了解决城里百姓喝水的问题，他们带头疏通了钱塘的六口井。

王闰之笑丈夫都快成"气候预报员"了，因为他每天早上一起来就会先观察天象，紧密关注天气变化，好知道下一步应该做什么。

百姓靠天吃饭不易，但苏轼也发现，对于朝中大臣和一些地方官而言，只要自己的官帽不掉，就不会在意普通百姓的命运。

在观音院为百姓祈福时，苏轼有感而发，奋笔作诗：

蚕欲老，麦半黄，前山后山雨浪浪！
农夫辍耒女废筐，白衣仙人在高堂！

他恨为官的"白衣仙人"们太多，居高堂却只做睁眼瞎；也恨自己势单力薄，有心无力。在得知有些官吏竟然会为了自己的官路而隐瞒蝗灾，置百姓生死于不顾时，他更是气愤地给苏辙写信："自笑迂疏皆此类，区区犹欲理蝗余。"

一天，苏轼结束了工作回到府里，陈襄突然将他叫了过去。

"怎么啦，陈太守，对我的工作哪里不满意？"苏轼开着玩笑。

"子瞻，沈括沈大人这几天来杭州了，我听说你们是旧友？"陈襄问。

"我们同在崇文院任过职。沈大人要来杭州了？那太好啦，我一定要请他好好喝几杯！"苏轼想到好友来访，很是高兴。

几日后，苏轼在家里热情款待了沈括。沈括这次以检正中书刑房公事的身份来巡察各地的新政执行得怎么样，杭州便是其中的一站。

苏轼为老友特意准备了好酒好菜，两人把酒言欢，喝到了半夜。酒后，苏轼话匣大开，沈括赞扬苏轼文采斐然，苏轼便也有些自得，特地拿出了近些日子写的新诗给沈括品鉴。还聊了很多有关新政实施方面的想法。

那一日沈括甚少插话，是一个非常称职的倾听者。

苏轼到杭州的第二年，稻谷熟得特别晚，等啊等啊，眼看着终于快收割了，一场连绵的秋雨又让江南田地陷入涝灾。

苏轼撑着油纸伞，踩着稀泥，忧心忡忡地走在田埂上。雨水把耕地泡成了个泥水池塘，种地的耙头、镰刀都长出了霉衣，一棵棵金黄的稻穗软趴趴地泡在泥土里，像是被装进了棺材，农户们坐在田地旁哀泣不已。

由于收成不好，朝廷收税又只认现金不认粮，很多农户实在没办法，只好卖掉牛羊去交税，家里没柴火了，只好拆屋子来烧。苏轼看到这样的情景，心头像插了一把刀那样痛。

他只能把想说的话写进诗里，并借农妇的身份叹息道：

官今要钱不要米，
西北万里招羌儿。

龚黄满朝人更苦，

　　不如却作河伯妇！

　　同是这年的秋天，陈襄和苏轼在杭州设宴，欢送去京城参加礼部进士试的几人。

　　陈襄心情大好，作诗赠予赶考者："流而不返者，水也，不以时迁者，松柏也。言水而及松柏，于其动者，欲其难进也。万世不移者，山也，时飞时止者，鸿雁也；言山而及鸿雁，于其静者，欲其及时也。"

　　众人皆赞叹，并请求苏轼作文。陈襄顺水推舟："子瞻，不如你来为我这首诗作序吧。"

　　看着满屋子对前途充满期待的能人志士，苏轼回想起了自己和苏辙一同赴京考学的日子，不自觉地多喝了几杯。当时的兄弟俩踌躇满志，对未来仕途充满了向往。

　　短短十余年，恍如隔世。

　　他欣然应允，想了想作序道："苟志于得而不以其道，视时上下而变其学，曰吾期得而已矣。则凡可以得者，无不为也，而可乎？"

苏轼想表达的是，为官不能只为了得到和索取，若一味沉迷在高官厚禄中，便会丧失心中的"道"。

然而，一个被贬出京城、前途堪忧的官员的劝诫，又有谁会认真听取呢？

水调歌头·明月几时有

宋 苏轼

丙辰中秋，欢饮达旦，大醉，作此篇，兼怀子由。

明月几时有？把酒问青天。不知天上宫阙，今夕是何年。我欲乘风归去，又恐琼楼玉宇，高处不胜寒。起舞弄清影，何似在人间。

转朱阁，低绮户，照无眠。不应有恨，何事长向别时圆？人有悲欢离合，月有阴晴圆缺，此事古难全。但愿人长久，千里共婵娟。

第九章

密州

三年任期满后，苏轼即将告别杭州去往下一个地方任职。此时的苏辙已经离开陈州，到山东的齐州任职。于是苏轼便申请去距离齐州不远的密州任知州，并获得了批准。他在书信中高兴地告诉苏辙："我曾经答应过你，下一个任职地要离你更近，这下总算实现了！"

九月的杭州常常下雨，苏轼一家正收拾行囊，和这里告别的日子越来越近了。

门外像是有小孩子的哭声，苏轼上前查看，见乳母正安慰哭得伤心的二儿子苏迨。

"这是怎么了？"苏轼问。

"刚才和隔壁家的大哥哥玩，苏迨说他要离开杭州了，今后便再也见不着了。"任采莲道，"然后他就一直哭到了现在。"

苏轼明白了，坐到院角落的一把竹椅上，对儿子招招手说："快过来。"

苏迨捂着泪眼，跌跌撞撞地跑到他身边，小脸被喉咙的抽动扯得涨红。

"你舍不得朋友了？"苏轼温和地问。

"嗯。"苏迨点点头，哭着问，"爹爹，我们为什么要搬家啊？杭州这么好玩，我还没待够呢！"

"哦。"苏轼说，"我们刚到杭州的时候，你还太小，有些事情就没诉你。这里不是我们的家，爹爹还要去别的地方工作，所以我们要搬家了。"

苏迨虽小，但也不敢在苏轼面前耍性子、闹脾气，只怯生生地问："爹爹，那我们的家在哪里呢？"

苏轼一愣，似乎被这个问题难倒了，他苦笑了一阵，想了个暂且满意的回答："咱们一家人在哪里，哪里就是家。"

远远地，苏轼望见了大儿子苏迈从汴京一路带来的那盆月季花，如今正安然生长在小院的花圃一角，他想起了前几日和大儿子的对话：

"苏迈，那盆花你还带走吗？"

"不带了。"

"为什么？"

"不想让它跟着我再奔波一次。我听说密州的气候不如杭州，就让它留在这惬意之地吧。"

此时的皇宫大殿中，宋神宗正皱着眉头，翻看着手中的一页页薄纸，不由自主地念出声来：

"兽在薮，鱼在湖，一入池槛归期无……岁荒无术归亡逋，鹄则易画虎难摹。"

"人如鸭与猪，投泥相溅惊。"

"众人事纷扰，志士独悄悄。"

······

拱手在侧的御史中丞李定低垂着头，等待神宗的反应。

"这些诗，有什么问题吗？"宋神宗挥了挥手中的一沓纸。

李定微微抬头，说道："臣认为，苏轼的诗文中暗藏着对朝廷的讥讽，明里暗里地在抨击变法。"

"有明确的证据吗？他哪一句说的是朝廷？"神宗又问。

"这……苏轼仗着自己有几分文采，把刻薄之意藏在诗里，搞文字游戏来戏弄朝廷。就算我们不去多想，其他看诗的人也会猜测其中的意思。"李定的话让宋神宗也多了几分疑虑，"况且，苏轼的诗作在文人和百姓间流传甚广，长此以往，恐怕后患无穷啊！"

宋神宗看看诗，又看看眼前的"告状者"，放下手中的诗稿，长叹了一口气："苏子瞻啊，你为什么就不知道消停呢？"

这天傍晚，苏辙快步跑到家，满脸喜悦，脚下生风。史氏见他手里拿着一沓信纸，便问："是兄长来信了吗？"

"兄长要来看我了！"苏辙说完，匆匆钻进了里屋。

史氏见苏辙高兴，也不禁喜上眉梢。两家人上次见面还是三年前苏轼去杭州赴任的途中。时间一晃，都过去这么久了。

那天夜里，苏辙高兴地哼着小曲儿，多喝了好几杯。最后还是史氏强行夺了酒杯："你脾胃本就不好，这样喝下去，兄长还没来呢，你就先倒下了。"

按原计划，苏轼会在九月离开杭州后，先绕道至齐州与弟弟相见，后再到密州赴任。

苏辙已经按捺不住激动的心情，计划要带着哥哥游访齐州的好景致。

在他寄给苏轼的诗作中，形容东岳泰山："初行涧谷浅，渐远峰峦积。翠屏互舒卷，耕耨随敧侧。"齐州的流泉也是闻名遐迩，堪称一绝。在绿荷、廊桥的深处，忽然见一眼清泉从池中央流出，真是"凫鹥聚散湖光净，鱼鳖浮沉瓦影凉"。

他还一定要带"吃货"哥哥品尝齐州当地的美食，比如大明湖的白鱼和被称为"鸡头米"的芡实。

苏辙像一个放学后焦急等待父母到来的小孩，急于分享自己在齐州"饮酒方桥夜月，钓鱼画舫秋风"的生活，又想倾诉自己"眼看云山无奈，神伤簿领相仍"的淡淡哀愁。

眼看着苏轼到来的时间一天天临近，苏辙吩咐家里人收拾好房间，准备好柴火和食材，屋里屋外忙得团团转。

他突然想到了什么，叫住了一旁的史氏："已经到寒冬了，家里的棉被够吗？"

史氏答道："我去屋里看看去。"半晌，出来回话："棉被只剩一床了，他们来肯定是不够的，怎么办？"

"把我上个月的俸禄拿出来，让人再给做几床。"

"可是……"史氏担心下个月家里要断粮了，但不敢反对丈夫，只好回屋拿铜钱去。几个抽屉都翻遍了，才勉强凑够了数，正准备出门，却见苏辙背对着坐在门口的石阶上，耷拉着脑袋。

"怎么了？"

苏辙看了看史氏手里拿着的铜钱，摇摇头，叹了口气："放回去吧，他们来不了了。"

史氏这才发现苏辙手里攥着厚厚的一封信。

"刚得到的消息？"

"嗯，他们在路上耽搁了一些时间，如今清河封冻了，不能行船，他们只好改道从海州到密州了。"

苏辙难掩失望的神色，低头看着手中的信。苏轼可能也怕弟弟太失望吧，他把近期写的诗作，好的、不好的都给苏辙寄过来了，生怕他不够看似的。苏辙苦笑了一声，起身拍了拍裤腿上的灰："让他们都停下吧，不用折腾了。"

遗憾是自然的，但苏轼离开杭州这一路上创作的诗歌颇丰，够苏辙看上好一阵儿了。以他的想象力，已然像是跟着哥哥一路向北，观赏了旅途中的山河美景，历经了情感的百转千回。

特别是当他读到"用舍由时，行藏在我，袖手何妨闲处看？身长健，但优游卒岁，且斗樽前"时，也受到了无限的鼓舞。

齐州的冬夜漫长得仿佛没有尽头，苏辙僵着身子坐在桌前回信，只有这样，他才会觉得时间过得快一点。

"兄来本相从，路绝一长叹。前朝使者还，手把新诗玩。怜我久别离，卷帙为舒散。"

杭州的元宵节，每一年都非常热闹。苏轼家住的地方，山脚下就是闹市，平日里的夜市都能开到凌晨两三点，更何况元宵佳节。

那晚的杭州城四处灯火辉煌、喧嚣繁华，像是一幅画。

大户人家挂出帷帐，飘散出麝香味，百姓们则在集市灯会间穿梭流连，像是一个全城的大派对。苏轼曾形容为："灯火钱塘三五夜，明月如霜，照见人如画。帐底吹笙香吐麝，此般风味应无价。"

苏轼到密州不久，就赶上了元宵节，一家人都很期待。当他们准备好带着孩子出门游街时，眼前的景象却令他们大失所望。

没有亮丽的灯会和繁华的集市，这里的人们并不那么活跃，不管是老人还是年轻人，大家都一脸静默，沿着街巷击鼓或者吹箫，像是执行某种严肃的仪式。

苏迨紧赶慢赶地跑出门，见这阵势，拿着摇鼓的手放了下来，问母亲："娘，他们这是干什么？我们快去街市上买糖画吧！"

王闰之回答不了这个问题，便求助地望向苏轼。

苏轼拉住一个经过的本地中年人，问："这密州城里，元宵节有哪些庆祝活动呢？"

中年人上下打量了苏轼及家人一番，确认他们不是本地人，才答："这不就是吗？"

苏轼又问："那他们还要到哪里去？"

中年人伸手指了指远处的一片耕地，又答："那边就是农桑社了，我们要去那里祭拜土地神。"

"然后呢？"苏轼还不死心。

"然后？"中年人摸着脑袋，"然后就回家睡觉了呀，这么冷的天，再晚些霜降下来，会冻死人的。"

"哦……"苏轼眼中的光灭了下去，缓缓点了点头。王闰之则面露难色，想着该如何安慰满怀期待的苏迨。

密州很穷，不光官员的俸禄大不如杭州，生活条件差得也不是一星半点。农作物产量低，地理环境和气候又没法提供更丰富的食材，这里的人们饥一顿饱一顿都算是正常，连官员也无法成为特例。

一日，苏轼和通守刘庭式下了班，苏轼本想邀他喝两杯，却想到家里没什么像样的下酒菜。正要作罢，刘庭式突然神秘地说："苏知州，我带你去个好地方挖宝贝如何？"

"宝贝？那当然好啦！"苏轼来了兴致，跟着刘庭式一路往城门方向走去。

路上，刘庭式问苏轼："苏知州从杭州过来这几个月，怕是瘦了不少吧？"

苏轼明白他所指，笑道："不瞒你说，我为官快二十年了，却越活越穷。来密州也没什么太大的心愿，就希望能吃口饱饭，结果没想到这地方啊，吃口饱饭都难啊！"

"那这个宝贝，苏知州一准喜欢。"刘庭式说。

来到了城墙脚下，刘庭式开始朝向这片废弃的田地，仔细地低头找着什么。苏轼寸步不离地跟在他的身后，属实摸不着头脑。

"这荒地里有什么呢？"苏轼问。

刘庭式尚未回话，瞬时兴奋地躬身，从地里拔出一株野草模样的东西，再走几步，又摘了一把什么，炫耀般地递到苏轼眼前。苏轼定眼一看，这不是一些野生枸杞和菊花吗？

"怎么，你也学陆龟蒙？"苏轼开玩笑道。他知道唐代有这样一个诗人和农学家，一年四季就喜欢吃这玩意儿，还专门作了一首《杞菊赋》。

"苏知州不妨试试，说不定会觉得相见恨晚的。"

"这就是你说的宝贝？"苏轼哭笑不得。

"可不是嘛，在这个地方，有什么还能比食材更宝贵呢？"刘庭式将"宝贝"一把塞进苏轼的手里，背过身去继续找起来。

那天，他们的挖掘工作到太阳落山了才结束。回城路上，苏轼问刘庭式："这些草怎么做来吃？"

刘庭式知道苏轼对餐食很有讲究，老实回答："我家是夫人决定怎么做，我就怎么吃。"

苏轼听苏辙在信中讲过，刘庭式家中有一个盲妻，是他中进士之前便定下的亲事，然而待他高中归来，女子因生病双目失明。有人劝他娶女子的妹妹为妻，他却很坚定："我的心早就属于她了，就算她盲了，我怎么能辜负自己的初心呢？"

捧着一把来之不易的食材，苏轼边往家走边想：我怎么沦落到这个地步了？转念一想，今天起码能加个菜了，于是又开心了起来。

客厅饭桌前，一家人盯着眼前这一盘野菜，不由得面面相觑。

一旁的任采莲面露难色："这菜我确实没弄过，味道可保证不了，但肯定熟了。"

苏迈问父亲："爹，这个真的能吃吗？"

苏轼率先夹上一筷子，放进嘴里嚼吧嚼吧，一股浓烈的草本气味冲进了口腔和大脑，让他一震。

他竟然觉得这味道还行。于是就地取材，教育起了儿子："人生一世，如屈伸肘。何者为贫，何者为富？何者为美，何者为陋？有的人吃粗糠，依然长得白白胖胖，有人整天山珍海味，还是身材苗条。以前有人吃杞菊，如今我也能吃它们，说不定能长寿呢！"

苏轼既然发话，其他人也不敢多言，都夹了少许尝尝，野菜很快就被分完了。待其他人陆续离开了饭桌，苏轼才想到还没有收到反馈，大声问道："哎，你们觉得味道怎么样啊？"

自然是没人给他回应。

这天夜里，苏轼比往常早一点进到卧室。远远地，他见王闰之的梳妆台上，放着一把既熟悉又陌生的木雕梳子。他将它放在手中，反复抚摸着精美的雕刻花纹和木头的自然纹理。

说陌生，是因为他已经十年没有见过它；说熟悉，是因为一看到它，它前主人的一颦一笑仍历历在目。

王闰之一进屋，就看到苏轼坐在自己的梳妆凳上，眼睛红红的，手中的木梳清晰可见。她瞬间明白了过来，一把夺过木梳，抱歉地说："对不起，是我没有收好，惹官人伤心了。"

苏轼没有责怪，只是问："怎么会在你这里？"

"这把木梳算是姐姐的遗物，我自小跟姐姐感情很好，便留了下来，当个念想。我怕你见了伤心，所以一直都藏在隐蔽的地方。"

"没事，挺好的。"苏轼的语气听不出是叹还是悲，"十年了……其实，我前些日子梦见过她，梦到她在眉山的小屋里坐着，正在梳妆打扮。我与她二人相对而望，说不出话却泪流不止。纵使相逢应不识，尘满面，鬓如霜。即使再见到，她哪里还认得出我来呢？只是痴人说梦罢了。"

"姐姐既然给你托梦，那就一定还惦记着你。"王闰之说，"我只求自己有姐姐一半的聪慧和机敏，能帮官人解忧。但是……"

"你做得很好。"苏轼握住王闰之的双手，安慰道，"家里打理得好，苏迈照顾得好，若是王弗能看见，她也会欣慰吧。"

王闰之也红了眼眶，梳子在两双大手里被焐得发热。

密州的地理位置非常重要，因此这里也总不太平。苏轼到来的第一年，气候就给了他一个下马威，自秋到冬方圆几百里都没有下雨。第二年的蝗旱灾害几乎不可避免，而一旦生存成问题，社会问题就会频发，偷盗抢劫者数量激增。

苏轼为此祈过雨、救过灾、收养过穷人弃子，也上书过朝廷，同时主张对犯罪者实行严惩，镇压起义的百姓，以达到威慑的作用。

以往密州的盗窃者不会被判刑，甚至不会被抓捕，这导致犯罪率只增不减。

一次苏轼和刘庭式在街上巡查，正巧碰到一户人家抓住了一个窃贼。下人们正将人五花大绑，准备送官，窃贼一看刘庭式就在眼前，知道他心慈手软，于是大呼："刘通守！官老爷！救救我，饶了我吧！我也是因为家里实在揭不开锅了呀！"

见刘庭式又要心软，苏轼提醒他："现在家家户户都缺粮，如果还要继续纵容盗窃，饿死的人只会越来越多，如果再不强硬处理，后果不堪设想！"

刘庭式点点头："每家每户的粮食都很紧缺，你把别人的抢了去，别人吃什么呢？"继而对手下说，"对他依律处罚，绝不能手软！"

在密州的三年里，苏轼依然在为反对新法出力，但收效甚微。不过，他也不再绝对地抗拒变法，而是选择性地将新制度落地，并关注执行后的效果。

而面对西夏和辽的侵扰，苏轼则坚决反对妥协和退让。

熙宁八年（1075 年）的夏天，刘庭式火急火燎地跑进衙门，对苏轼说："苏知州，你知道吗？辽让朝廷割地给他们七百里，说那本是他们的地界。"

"真是太荒唐了！国界线早就确定在协议上了，他们还有什么好质疑的？"苏轼拍案而起，满脸透露着怒意。

刘庭式又说："但辽国现在兵强马壮，万一打起来，我们就算不输，也一定损失惨重。苏知州觉得，皇帝会割地吗？"

"要是皇帝割地，我第一个上书！要是打起仗来，我第一个上战场！"苏轼的心似乎已被沙场点燃，全然忘记自己已年过四十。

一次围猎回来，王闰之见丈夫身着貂裘，久久站在庭院高处眺望着远方，不禁问："官人是有什么心事？"

苏轼转过身来，难掩内心的激情："今天去打猎，我左边牵着一条大黄狗，右臂上架着一只苍鹰，带领着大队人马，觉得自己踏上战场，保家卫国。"

王闰之已经习惯了丈夫偶尔的天马行空，便笑着应和："那你一定特别厉害，像个大将军。"

"那可不吗，我能像孙权一样射杀猛虎，也能直驱敌军内部，将他们赶出国土。"

侍女过来提醒王闰之："夫人，晚饭备好了。"

苏轼听了，兴奋地说："今天我特别高兴，夫人给我备瓶好酒吧，我再叫几个朋友，畅快地喝上几杯！"

说罢，他大声吟诵着："持节云中，何日遣冯唐？会挽雕弓如满月，西北望，射天狼！"一路小跑着进了屋。王闰之对丈夫自是理解包容，便一一吩咐了下去。

一转眼，苏轼到密州已是第三个年头。本以为这里距离苏辙不远，可以常走动，却因为各种原因不能如愿。

中秋月圆夜，苏轼与友人喝酒，将自己灌了个大醉。回到家躺在床上，仍睡不着，便坐起身来写诗。想到跟苏辙上一次一起中秋赏月，已过去七年了，思念之情就此泛滥开来。

月亮记录着时间，却最不在意时间，一次次的阴晴圆缺，仿佛印证着人世间的悲欢离合，但又不曾因为任何一个人停下自己的脚步，从古至今，月亮从未改变。

他开始接受现实，并宽慰自己："我欲乘风归去，又恐琼楼玉宇，高处不胜寒。起舞弄清影，何似在人间。"也重拾了信心，期待"但愿人长久，千里共婵娟"。

苏轼边思念弟弟苏辙边写下这首词，本以为是寻常之作，没承想轰动了全国，被谱上曲，在民间传唱颇广。那时的他也不曾想到，在未来，神宗还会因为这首词对自己网开一面。

狱中寄子由二首

宋 苏轼

其一

圣主如天万物春，小臣愚暗自亡身。

百年未满先偿债，十口无归更累人。

是处青山可埋骨，他年夜雨独伤神。

与君世世为兄弟，更结来生未了因。

其二

柏台霜气夜凄凄，风动琅珰月向低。

梦绕云山心似鹿，魂飞汤火命如鸡。

眼中犀角真吾子，身后牛衣愧老妻。

百岁神游定何处，桐乡知葬浙江西。

第十章

乌台

熙宁九年（1076年），朝廷对变法的态度愈发令人迷惑，变法派的吕惠卿、曾布、邓绾等人逐渐退出了权力中心，王安石更是两度罢相。此时，苏轼结束了在密州的任期，之后又相继在徐州和湖州为官。

在苏轼的印象里，湖州风景宜人，物产丰富。有大片的湖泊、橘子林和纯洁的苔花，还有让人唇齿留香的芽茶、饱满红透的木瓜……上任前，他对湖州的一切充满了期待。

然而，这几年湖州经历了严重的自然灾害，饥荒和瘟疫夺走了很多人的生命。眼前的湖州已不是曾经生机盎然的模样，苏轼心疼的同时，也将一部分矛头指向了朝廷。

他不仅在官吏们面前吐槽："政拙年年祈水旱，民劳处处避嘲讽。"还在诗作中自我嘲讽了起来："仕道固应惭孔孟，扶颠未可责由求。"表面看来是在写自己作为官员办事不力，难以挽救灾情，愧对孔孟，实际上是把执政大臣骂了一圈儿。他在给宋神宗的《湖州谢上表》中，历数自己为官之路的艰辛，但也隐隐透露出对新政的不满情绪。

常在河边走，哪能不湿鞋？恨他的人早已为他布下了一张网，只等一个时机。

王安石第二次罢相，退居金陵后，再未参与朝堂之事。但他为朝廷留下的一些"新法派"，仍热衷于排斥异己的内部斗争，以李定、吕惠卿等人为首。

沈括也是王安石变法的忠实拥护者。虽然王安石已不在位，但沈括依然坚定地想要铲除所有不利于变法的要素，也包括他的旧友苏轼。

他将在杭州见苏轼时，亲眼看见、亲耳听见的那些有"反动"苗头的诗文全都带回了朝廷。经过逐句分析，举报他讥讽朝廷、妄自尊大、包藏祸心、对皇帝不忠等数条罪状。而李定、吕惠卿一党则立马落井下石，极力说服宋神宗处置苏轼，一时间，朝廷内一片倒苏之声。

宋神宗闻言大怒，命御史台派人把苏轼拘捕入京审问。

此刻的苏轼刚到湖州不到三个月，正挠着脑袋想缓解饥荒的办法。驸马都尉王诜已命人快马加鞭，将这个消息告诉在商丘的苏辙，让他想尽一切办法，尽快让苏轼知道。

苏辙急得好几个晚上睡不着觉，派人日夜兼程地赶路送信，这才让苏轼提前知道了自己将要被捕的消息。

得知消息的这天，苏轼迟迟未归，王闰之不放心，便让儿子苏迈去找一找。苏迈跑到官衙里，发现苏轼正背对着门站在书房里，面前的桌上摆放着已故好友文与可的画作《筼筜谷偃竹》。苏轼曾经称赞文与可画的竹子："此竹数尺耳，而有万尺之势。"

"爹？"苏迈唤他。

苏轼转过身来，眼睛红肿，明显哭过。

"爹，你还好吗？"苏迈顿时慌了。

"我和你文伯伯一同'归老'的愿望，终究是落空了。现在我连自己能不能活到老都不知道。"苏轼面容沧桑、长叹一声，向儿子说了自己将被拘捕的消息。

苏迈急得大哭了起来，说："爹爹，那该怎么办呀？"

"擦擦泪，回家吧。子由好不容易为我争取了三天的准备时间，我要好好利用起来。"

夜深人静时，苏轼喝着酒给苏辙写信，把家里里里外外的事情都交代了一遍。又叫来同僚，把湖州里里外外的事情也交代了一遍。这些事情做完，苏轼像是泄了气似的，觉得自己一身轻松，但心也像空了似的。

　　几天后，湖州官衙内，皇甫遵如审判者一般面目凶狠，来回踱步。后面站着两个御史台的士兵，手持兵刃，让人不寒而栗。

　　仆人向在后院的苏轼通报："苏太守，御史台的人来了！"

　　苏轼转向旁边的祖通判："从今天起，就由你来代行太守的职务了。"说着，就要脱去身上的官服。

　　"苏太守脱衣服干什么？"祖通判不解。

　　"既然我已是朝廷的有罪之人，自然该穿上素衣，别连累了湖州。"

　　"太守还没有被定罪，在官衙里不穿官服，反而不合适。"

　　苏轼想想也有理，还是穿上官服出去了。

　　苏轼和皇甫遵彼此认识，但没打过交道。见前来的

163

一个大哥、两个小弟都面露凶相，苏轼感觉事情不妙，提前一步道："我知道自己得罪了很多人，应该是必死无疑了，但请几位大哥给我一点时间，回去和家里人告个别。"

皇甫遵微微一愣，冷眼答道："你且去吧。"

祖通判在后面低声问了句："官老爷，你们来逮捕太守，可有公文？"

皇甫遵大怒："你是什么人？凭什么在这里指手画脚！我有没有公文，还需要向你汇报吗？"

待通判亮明了身份，皇甫遵稍有收敛，命其中一个士兵递上了公文，里面就两点内容：一、免去苏轼的太守官位；二、命苏轼立即启程回京。

苏轼感觉事情还有回旋之地，稍微松了口气。

告别时，家里早已哭声四起，苏轼讲了个笑话才堪堪止住妻子的眼泪。家里最后决定让长子苏迈陪同苏轼入京，一是照顾，二是及时带回消息。

苏轼乘船出城的那天，老百姓一边哭，一边在路两旁送他。虽然苏轼来的时间并不长，但他们都知道他是个好官。

渡船过扬州的一个月夜，苏轼怔怔地望着窗外晶莹纯净的月光，以及肆意叫嚣的水浪，痛苦和绝望突然袭来，面对毫无把握、任人宰割的前路，他恨不得直接跳进水里，来个痛快。

但他很快意识到，若是真寻了个痛快，背锅的一定是自己那个倒霉弟弟。一家老小要托付给他不说，朝廷也会坐实自己是"畏罪自杀"，从而也将苏辙拉下水。

算了，苟活着吧，也许事情还有转机。

捕送苏轼回京的行程一刻都不敢怠慢，不到一个月，他已经被关进御史台的皇家监狱——乌台。

平生首次经历这样的事，苏轼惶恐不安。他得知自己走后，御史台派人搜查了他的家，家里的诗作、文集和友人的书信都被拿走，家里被翻得乱七八糟……还有一部分作品被家里人给烧掉了，他们害怕再有什么"反动"诗作加重苏轼的"罪行"。

让他颇感欣慰的是，乌台的狱卒们心肠不错，始终对他有礼有节，生活上也没亏待他，允许苏迈每天给他送饭，甚至晚上还能让他洗个热水澡。

苏辙托在京城的朋友给苏迈等人安排了一处靠近乌台的住所，方便他给哥哥送饭。同时没日没夜地给他们的共同好友写信，希望多一些人为哥哥说情。然而，锦上添花易，雪中送炭难，回信的人并不多。

御史台时不时提审苏轼，让他交代诗中所指，以及通信人的名单。

一开始，他不想连累朋友，说自己那些讥讽朝廷的"问题信"并没有寄给过谁。结果遭到了审讯官的当众拆台："苏子瞻啊苏子瞻，你难道不知道，那些书信早已在民间流传开来，我们都已经读好多遍了。"

苏轼见挣扎无用，只好承认"与人有诗赋往还"。御史台通过追查，牵扯出的朝廷内外和他通信的大臣竟然有数十人。

"看来你的人缘真是好啊，你们一起说朝廷的坏话吗？"审讯官质问道。

"苏某不敢，书信只是跟朋友发发牢骚，并没有真正的反叛之心，这一点我保证。"

望不到头的审问让苏轼濒临崩溃，在地方为官的日子再辛苦，他都总是鼓励自己要积极乐观，但在牢狱中憋屈地被审问、指责，他的自尊心备受煎熬。

越是盘问，苏轼的心里越没底。他甚至都开始觉得自己罪大恶极、必死无疑。

一日，苏轼蹲在小桌前，机械地打开餐食盒的盖子。这一打开不得了，他差点昏厥过去。盘子里摆放着一条熟鱼。

他忙问狱卒："苏迈在哪里？"

狱卒答："今天不是苏公子来送的饭，说是您家的朋友，把饭放下就走了。"

"没有再说别的？"

"没有。"

苏轼的心凉了大半截。他曾和苏迈约定过：今后如果尚且无事，就送肉和蔬菜；如果有了坏消息，就送一条鱼来。

如今不仅坏消息来了，儿子也凭空消失了，难道是被抓起来了？

他越想越不安，便拜托狱卒多打听外面的消息："你们听到什么消息，一定要尽快告诉我。我这就写信给我弟弟，就算我出不去了，他以后也会好好答谢你们！"

"大人，不至于不至于……"狱卒连连摆手，"我可是听说，湖州、杭州的百姓都在为您请愿呢。"

苏轼听罢，先是几分震惊，接着眼含热泪，摇了摇低下的头："是苏某愧对他们了。"

苏轼怔怔地守了这条鱼一整天。后来他才知道，那几天苏迈有事，特嘱托其他亲友送饭。千叮咛万嘱咐，却偏偏把这个"暗号"给忘了。

"大人，您一天没动筷子了，不饿吗？"傍晚时候，狱卒将餐盒取了出来，发现里面的食物丝毫未动。

苏轼没有听到狱卒的话，反倒是听见一墙之隔的大街上传来了热闹的歌唱声。墙外是人来人往的街道，墙内则是阴冷的牢房，绝望如同井底的黑洞，将他一点点吞噬。

牢房里只有一个狭小的方形窗户与外界相连，天气晴朗的夜晚，月亮会穿过那扇窗户，将温柔却寒凉的光洒在苏轼枯槁的脸上。他仿佛见到了自己朝思暮想的孩子们，还有跟着自己吃了不少苦头，如今仍在担惊受怕的妻子。

一墙之隔，两个世界。想到还有那么多没做完的事情，苏轼强打起精神，展开纸笔给苏辙写信。

说是信，却更像是一封遗书：

圣主如天万物春，小臣愚暗自亡身。
百年未满先偿债，十口无归更累人。
是处青山可埋骨，他年夜雨独伤神。
与君世世为兄弟，更结来生未了因。

一首终了，苏轼觉得想说的话还没完，于是另写一首：

柏台霜气夜凄凄，风动琅珰月向低。
梦绕云山心似鹿，魂飞汤火命如鸡。
眼中犀角真吾子，身后牛衣愧老妻。
百岁神游定何处，桐乡知葬浙江西。

看到这封"遗书"的苏辙当即咳出了血，把自己关在屋里痛哭流涕。

这段时间，苏辙天天想着怎么上书为哥哥求情。他写的《为兄轼下狱上书》，将"冒死一言"写得情真意切、惹人涕下。请求神宗网开一面，饶哥哥一命。

文中最后他说："若蒙陛下哀怜，赦其万死，使得出于牢狱，则死而复生，宜何以报！臣愿与兄轼，洗心改过，粉骨报效，惟陛下所使，死而后已。"

他不惜将自己的仕途也作为交换条件，只要皇上能饶哥哥不死，他余生愿当牛做马、粉骨碎身、在所不辞。

可惜苏辙的上书没能打动宋神宗，他甚至没有仔细看就直接扔到了一边："别人我还会好奇说些什么，苏子由上书，我闭着眼睛都知道他想要说什么。不看也罢。"

苏辙不想放弃，他一边继续上书求情，一边到处写信，团结一切可以团结的力量。

好在，朋友们也都很给力。

苏轼在牢狱中从秋天等到了冬天，他身陷囹圄的日子里，以苏辙为首的"营救队伍"丝毫没有闲着。

张方平在南京上书，要为苏轼说好话，但南京的官吏不敢转交。他专程让儿子张恕进京递交上书。难得的是变法派的张惇也驳斥了诬陷苏轼的宰相王珪，站在了苏轼这边。就连远在金陵的王安石也上书说："岂有圣世而杀才士者乎？"

这么多人为苏轼说话，让宋神宗深感意外。就连病中的曹太后也提及宋仁宗在位时，曾给子孙选择苏家兄弟作为宰相的事情，以此提示宋神宗要三思。朝廷上，关于苏轼诗作的争论还在进行。宋神宗一时有些不知如何是好。

不久后，曹太后病逝，按照律法，国丧期间会有大赦，苏轼的朋友们又看到了希望。而致力于将"苏轼党"赶尽杀绝的那些人却紧张了起来，他们开始了新一轮的上书，请求宋神宗不要就此放过苏轼。

夜深人静之际，宋神宗在认真看过苏辙的《为兄轼下狱上书》之后，叹了口气，最终还是选择饶苏轼一命，将他贬到遥远的黄州任团练副使，没有自己的允许，不能离开那个地方。

岁暮天寒，苏轼终于迎着漫天的白雪走出了乌台，这一百多天的牢狱经历，让他感觉像是过了半辈子。

苏辙远远望见他，便踩着积雪、跌跌撞撞地跑了过去。苏轼见到弟弟，原本雀跃的心情又转变成了委屈，一把抱住苏辙嘤嘤地哭起来："子由，我还以为再也见不着你了！"

苏辙拍着他的背，安慰道："都过去了，活着就好，活着就好。"

这场轰轰烈烈的"乌台诗案"牵连数十位官员，罚得最重的除了最早给苏辙透露消息的驸马都尉王诜、与苏轼交往密切的好友王巩，还有就是苏辙。为了救哥哥，他赌上了自己的仕途，被神宗降职远派到筠州，五年不得升调。

苏轼对此又感动又愧疚，他红着眼眶紧紧抓住弟弟苏辙的手："子由啊，兄长又连累你了。"

为救苏轼悬心了几个月的苏辙此时终于放下心来，语气轻快道："无妨，与哥哥的平安相比，官职又算得了什么呢？"

当天晚上，几个酒友为苏轼设宴庆祝，喝了几杯后，苏轼诗瘾又发作了，这首诗几乎是一气呵成：

> 百日归期恰及春，残生乐事最关身。
> 出门便旋风吹面，走马联翩鹊噪人。

却对酒杯浑是梦，试拈诗笔已如神。

此灾何必深追咎，窃禄从来岂有因。

平生文字为吾累，此去声名不厌低。

塞上纵归他日马，城中不斗少年鸡。

休官彭泽贫无酒，隐几维摩病有妻。

堪笑睢阳老从事，为余投檄向江西。

酒友们看后都连连摇头，嬉笑怒骂。

"我的哥，你这首诗赶紧烧了吧，不然明天又得进去了。"

"不光是他，我们也跑不掉啊。哈哈哈！"

"珍爱生命，远离苏子瞻啊！我可再没有官职可以革除啦。"

"谁不是只有一个脑袋呢？"

…………

苏轼一时心情大好，将手中的毛笔往桌边一掷，大声自嘲："我真是不可救药啊！"

卜算子·黄州定惠院寓居作

宋 苏轼

缺月挂疏桐，漏断人初静。

谁见幽人独往来，缥缈孤鸿影。

惊起却回头，有恨无人省。

拣尽寒枝不肯栖，寂寞沙洲冷。

第十一章 东坡

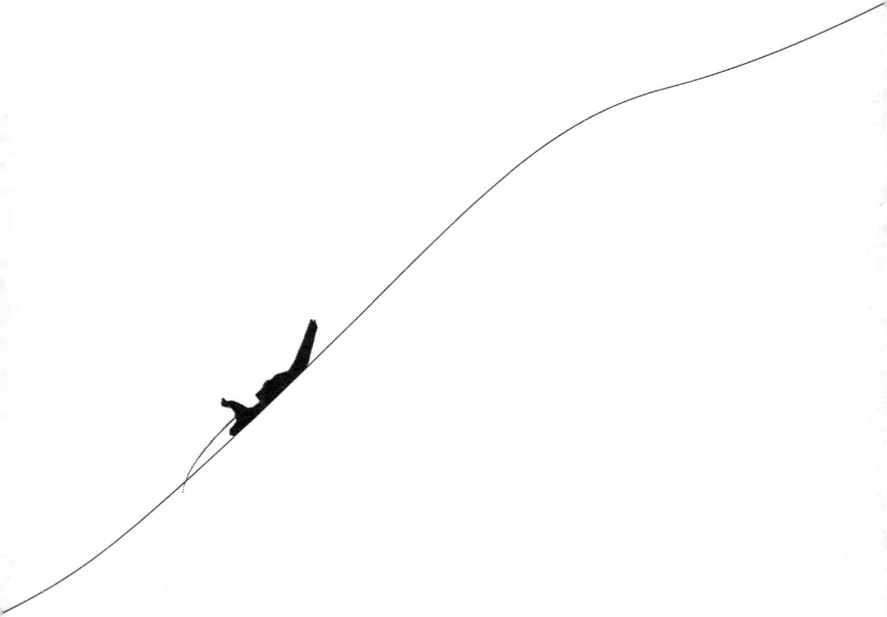

苏轼曾数次途经长江流域，却是第一次为黄州停留。这个江边的穷苦小镇的百姓还不知道，自己的家乡会因为一个人，在未来被世世代代的人熟知。

二月的江面寒雾笼罩，一艘客船晃晃悠悠地驶向黄州的江边码头。苏轼走出船舱，后面跟着儿子苏迈。

两岸是朦胧的群山，脚下的江水碧波翻滚，远处的岸上有几个人正左顾右盼地向这边打望着，数站在最前面的那一位满脸急切。

不用想，那一定是苏轼的老友马正卿和他的几个仆从了。

船只还未停靠稳妥，马正卿已经迫不及待地迎了上来，嘴里还不停说着："我的苏大人啊，可把你给盼来了！"

苏轼握住马正卿伸出的手，笑着说："梦得，你可千万别这样，罪臣苏某可不敢当啊！"

马正卿的语气带着几分着急："你要这么说，我可真生气了！"见苏轼满脸的沧桑和疲惫，又心疼不已，"唉，前段日子累着了吧？你放心，既然到黄州了，就好好养身、养心，我一定把你照顾得妥妥帖帖的。"

苏轼望着老友真挚的神情，不禁感慨道："还好有你啊！"

苏轼和马正卿同岁同月，已是二十年的交情，初遇时，马正卿还是个穷得叮当响的秀才，而苏轼已小有名气，但之后的为官经历却惊人地相似，二人都因为真性情而仕途不顺。如今苏轼被贬黄州，马正卿正巧在黄州任通判，异地遇故知，可以说是不幸中的万幸了。

"今晚太守在府衙设宴，专门为了欢迎你。"马正卿说。

"欢迎我？"苏轼不敢相信，"我可是戴罪之人，欢迎我干什么？"

"黄州虽然地小人穷，但好在民风淳朴、自给自足，陈太守人也很好。"见苏轼还是怀疑，马正卿接着说，"这里的一些地方官看过你的诗，也听闻了你在乌台的事，心里都有自己的判断，毕竟你说出了很多他们不敢说的话。听说你要来，他们好几天前就开始准备，要给你设宴接风呢！"

正说着，一行人已到达府衙。苏轼心存疑虑，进门便逐一望向等候的每个人，他们大部分人面目友善，也有的人表情淡漠、眼神躲闪，苏轼太熟悉这种面孔了，自乌台出来，他几乎每天都会见到这样的面孔。

马正卿笑盈盈地向苏轼引见为首的一位眉眼含笑的白发老者："这位就是陈君式陈太守。"

"拜见陈太守。"苏轼端正地给陈太守行了个礼。

"苏先生不用客气。"陈君式扶起苏轼。

晚宴规格不小，黄州的大小官员都到场了。桌上的菜品并不名贵，但很有地方特色。

苏轼暗暗为陈太守捏了把汗，自己毕竟是被贬之身，如此兴师动众地宴请，他就不怕引火上身吗？

陈君式邀苏轼坐在他的旁边，依次向他介绍：

"长江里的鱼，肉质是很鲜美的，苏先生多尝尝。"

"那个是竹筒饭，我们这里产竹子，把稻米浸泡在水里约一个时辰后沥干，再加点儿玉米粒、腊肉粒一起搅拌，放进新鲜竹筒里蒸熟，可香了！"

"还有那个笋片，是我的最爱。"

马正卿小声提醒太守："苏先生生在蜀地，对这些不会陌生的。"

陈君式哈哈大笑："同样的食材，有不同的做法嘛。我听说苏先生很喜欢研究美食，尝尝我们黄州的做法怎么样？"

苏轼见到诸多美食，心情也放松了很多，开心答道："确实好吃，一方水土，成一方美食啊！"

"还有我们黄州当地的酒，苏先生觉得跟其他地方的酒有何不同？"

"酒的味道在乎心情。今日与陈太守和各位大人初见，相谈甚欢，这酒便格外清洌爽口。"

酒足饭饱，聊的话自然也多了起来。等周围人渐渐散去，陈君式压低声音对苏轼说："这次可能要先委屈苏先生了。朝廷下令不能给你提供官舍，但我特地寻了一处整洁清净的寺院，收拾出僧舍供你暂住。等过些日子，我们再想想办法。"

"不碍事，家眷们要过些日子才来和我会合，仅我和长子苏迈，哪里都能住。感谢太守操持！"

当日夜里，苏轼便住进了城东南边的定惠院。晕晕乎乎的他被苏迈扶回了房间，房间虽小，但物品齐全。

苏迈为父亲铺好了床，正要扶他过去，苏轼猛地坐起身来，对苏迈说："把纸笔拿出来。"

苏迈愣了一下，反应过来："爹爹，今天太晚了，要不明天再动笔吧？"

"快把纸笔拿出来！"苏轼借着酒劲儿，嗓门特别大。

苏迈无奈，只得将纸笔从箱子里拿出来，小心翼翼地放到一张简陋的书桌上，再往砚台里注入少许清水，开始磨墨。

待一切就绪，苏轼过来坐定，提笔开始书写：

自笑平生为口忙，老来事业转荒唐。
长江绕郭知鱼美，好竹连山觉笋香。
逐客不妨员外置，诗人例作水曹郎。
只惭无补丝毫事，尚费官家压酒囊。

"爹，您觉得黄州怎么样？"这一路上，苏轼的郁郁寡欢，苏迈都看在眼里，他知道父亲心情郁结，又不好明着问，只能这样旁敲侧击。

"很不错啊。"苏轼不经意地抬头，微醺的脸颊稍稍含笑，"起码长江鱼和竹笋还是很好吃的嘛！"

苏轼在黄州的职务没什么实权，也没有俸禄。正是四十岁出头励精图治的年纪，人却清闲起来。他知道除了年长将退的陈太守和与他情谊甚笃的马正卿，其他人对他大多是避而远之，于是他干脆把自己关在寺庙里，非必要不见客，整天粗衣简食、看书听佛，诗也写得少了。

那几个月里，苏轼唯一的乐趣便是和儿子在月下饮酒闲聊，等儿子进屋睡了，他还能再独酌一阵儿。

一个月夜，苏迈半夜起床上厕所，却见父亲独坐在院儿里的一把木椅上，望着天上的残月一动不动、一声不吭。

人声已消静，偶尔有大雁扇动翅膀的声音传来，父亲的眼神似乎也跟着大雁的踪迹转动。

那一刻，他感觉父亲的轮廓像是立在峭壁上的一块坚毅又沧桑的孤石，历经风雨却纹丝不动，终其一生等待着懂石头的人到来。

他想去提醒，却又不敢打扰。

第二天，苏迈发现父亲的书桌上多了一首诗：

缺月挂疏桐，漏断人初静。谁见幽人独往来，
缥缈孤鸿影。

惊起却回头，有恨无人省。拣尽寒枝不肯栖，
寂寞沙洲冷。

定惠院坐落在山上，苏轼到来的第一年春天，这里
就以满山的繁花似锦表达了对这位文人的欢迎。

一天，苏轼和苏迈饭后在山中闲逛，路过一棵海棠
树时，他问儿子："你可知道这是什么树？"

苏迈绕着树走了三圈，又仔仔细细地观察了一番才
开口道："这不就是一棵海棠树吗？"

苏轼点了点头，说："这里的人怕是都不知道这棵
树的名贵，你看它多像一个美人，与娇媚的海棠花相比，

这满山桃花、李花都顿时显得粗俗了些。"

苏迈恍然大悟："我们走过那么多地方，海棠树确实不多见。"

"在我们的老家眉山，这种树很常见。难道是有人从蜀地将树苗移植过来的？"苏轼又想了想，推翻了之前的想法，"那样难度也太大了……也许是鸿鹄衔过来的种子吧。"

苏轼在树下站立了许久，嘴里不时还念念有词，苏迈明白，这是父亲在构思的表现。快一个月没见父亲写诗了，他竟还有些期待。

又过了半晌，苏轼吟道："天涯流落俱可念，为饮一樽歌此曲。明朝酒醒还独来，雪落纷纷那忍触。"

苏迈不顾父亲还沉浸在动容的心境中，抓错了重点，直言道："爹爹，今晚还要喝酒啊？"

苏轼甩给了儿子一个略带嫌弃的眼神。

苏轼虽在定惠院闭门谢客，但一个人的来访让他惊喜不已。

一日早晨，苏迈领了一位白发苍苍、六十来岁的老头进屋，对父亲说："爹爹，这里有一位蜀地的老者，说是专程来探访你的！"

苏轼走出房门，迎了出去："老人家，我们见过吗？"

"我以前是嘉州犍为人，不过已经搬走多年，我们应该没有见过。"老者笑眯眯地说。

聊上几句后，苏轼惊讶地得知老者名叫王齐万，他们当年路过犍为时，大为称叹的王氏书楼就是他们家的。再往深了聊，王齐万的父亲王蒙正与苏轼的伯父苏涣倒是有很深的交情。

"我们行船路过书楼时，就有大开眼界之感，只可惜当时行程匆忙，没能下船游览。"

"故居多年无人居住，估计已经荒废了。"

"你们一家，当时为什么会离开嘉州呢？听说是为了从军？"

"在我少年时，已经家道中落，父辈觉得再无脸面继续待在嘉州，于是散尽家财，举家搬到了武昌。并不是传闻中的从军。"

武昌和黄州仅一江之隔，王齐万向苏轼介绍附近的风土人情、历史遗迹，聊得全然忘却了时间。还是王齐万的随仆提醒，他们才发现屋外天色将晚、细雨飘散。

苏轼将王齐万送到江边渡口，王齐万说："我的哥哥王齐愈久闻苏先生大名，但身体不便，这次特意叮嘱我前来。欢迎您下次到我家来做客，我和哥哥一定竭力款待。"

"好，苏某一定赴约。"

苏轼登上高丘处，一直目送小船消失在彼岸，才恋恋不舍地回家。他来到黄州的这一路怅然若失，想不到竟然还有素未谋面的人，愿意在他如此落魄的时刻来看望他，这让他心中大受鼓舞，对下一次见面也燃起了期待的心情。

苏迈看在眼里，喜在心上。他知道，父亲太需要朋友了。

五月，苏辙带着哥哥的一家老小到黄州与苏轼会合。定惠院自然是住不下了，陈太守正好借此契机，安排他们住进了城南长江边的临皋亭。

虽然房舍能容得下一家人，而且靠近江边，风景独有，但房屋破旧、条件艰苦。这已经是陈太守在能力允许的范围里能提供的最好的房子，苏轼心存感激。

苏辙这次没有久留，他还要回筠州任职，还有一家子需要照顾。临走前，他故意板着脸叮嘱了哥哥两句话："少写文，少喝酒。"

苏轼笑着答应，他觉得唠叨的弟弟真是越来越像父亲了。

安顿好一家人，又添置了一些物品后，苏轼发现自己的积蓄只剩一半了。一大家子的花销很大，他又被断了俸禄，这样下去实在难以为继。

苏辙曾在信中提出资助哥哥，被苏轼一口回绝。苏辙因被牵连，被贬为筠州监酒，自己都入不敷出。做哥哥的怎么能让弟弟帮着养活一大家子人呢？

日子总有办法过下去的。

虽然房子不是自己的，但生活是自己的。

苏轼环顾临皋亭的地势，欣赏着江边的美景，思索了一阵，决定了来黄州的第一件大事——修房子！

没多久，苏轼家叮叮咚咚地开工了。很快，三间朝西南的房间建好，苏轼开心地给它们取名为"南堂"。

他诗兴大发，一连写了五首诗。

先是赞叹这里的视野好："南堂独有西南向，卧看千帆落浅溪。"然后是便于工作："故作明窗书小字，更开幽室养丹砂。"连过去讨厌的雨声都变得甜美了："一听南堂新瓦响，似闻东坞小荷香。"另外，还有社交的功能："更有南堂堪著客，不忧门外故人车。"

在苏轼眼里，南堂哪儿都好，但另一方面，它也让家里更穷了。

苏轼发现，黄州当地人觉得猪肉有股怪味，不好吃，所以价格低廉，这恰好给了苏东坡这个老饕展现才华的机会。他对于烹饪猪肉可是自有一番心得：

净洗铛，少著水，柴头罨烟焰不起。待他自熟莫催他，火候足时他自美。

于是，大名鼎鼎的东坡肉就这么诞生了。

为了强迫自己节俭，苏轼一拍大腿，又想出了一个"计划经济"的办法。

　　他规定全家每天的费用不能超过一百五十钱，每个月初一取出四千五百钱，分为三十份，把它们挂在屋梁上，每天只能取一份。若当天有剩余，这钱就放进大竹筒里，用于招待客人。他算了一下，如果这样操作，自己的积蓄还够用一年多的时间，至于今后嘛，再说吧。

　　来到黄州的第一年，苏轼的心情大起大落，事业毫无起色，钱包越来越瘪，陪伴多年的奶妈任采莲也得病去世，人到中年的辛酸和窘境他算尝了个遍。

　　老友马正卿看不下去了，一天，他对苏轼说："走，我带你去看个地方。"

　　走了快一个时辰，还没看到任何快到目的地的迹象，苏轼问马正卿："你不会是故意整我，拉我出来锻炼身体吧？"

　　"那不能。"马正卿也累得气喘吁吁，望向前面，"应该快了，就在这附近。"

　　两人又往前走了几里地，马正卿突然指着一个小山坡大喊："到了，就是那里了！"

苏轼不解："你带我来这里做什么？看土坡？"

马正卿笑道："我挑了好长时间，才租到这么一块地，今后这个土坡就是你的了，你可以在上面种点庄稼、果树什么的，粮食自己吃，也可以拿出来换点钱。"

苏轼愣了半天才反应过来，惊喜地问："你是说，我可以用这块地？"这对他来说是想都不敢想的。

马正卿怕他压力太大，安慰说："这块地是原来的营防区域，现在荒废了，不如给你种点东西，也算是利民利己了。你不是羡慕白居易当年在忠州有个'东坡'可以种花种树吗？现在你也有啦。"

苏轼看好友的眼神都变了，马正卿感觉不妙，忙说："你可别太感谢我，我先说好，这块地荒废很久了，又杂草丛生，耕作起来不太容易。"

"荒凉不要紧，我一定会将它好好打造的。"苏轼难掩激动的心情，"那不如这里也叫'东坡'吧！"

开垦初期，苏轼每天天不亮便扛着锄头，带着家里的壮丁上坡，可谓"一颗热心向东坡"，而东坡却泼了他无数瓢冷水。这里"废垒无人顾，颓垣满蓬蒿"，荒芜的惨状让他止不住地叹息：我什么时候才能在这里种满好吃的呀！

好在苏轼意志坚定、勤学肯干，面对从未有过的"躬耕"体验，适应得很好。他将这块土地整平，夏天种水稻，冬天种小麦，再在空地上栽种些花花草草、桑树竹子。他还发现了一口水井，算是意外的收获了。

当第一次收获到来之不易的粮食时，他竟激动地落下泪来，对旁人说："既有东坡，今后我就叫'东坡居士'了，这个名字太适合现在的我！"

就这样，苏轼漂泊半生，终于在黄州开启了成为苏东坡的人生。在这个他亲自耕种的小土坡上，他的创作生涯也达到了人生的巅峰。

苏轼以极大的热情参与到躬耕生活中，对偶像欧阳修归隐田园生活的精神世界有了更深刻的共鸣。将陶渊明的作品重新拿出来反复诵读，越读越喜欢。如今他每日劈柴、种地、自给自足，仿佛已然实现了自己归隐田园的梦想。

一夜春雨后，苏轼早早醒来，着急穿好衣裤，推开屋门。湿润且夹杂着竹叶清香的空气扑面而来，土地被雨水滋养，花叶上，晶莹的露珠马上就要垂下。头顶上传来喜鹊清脆的报喜声，柔和的阳光穿过水雾奔来。在苏轼的心中，这番光景才不负来之不易的春天。

他当年游览斜川时，眼前不正是这样一幅似醉似梦的景象吗？于是"大言不惭"道："梦中了了醉中醒。只渊明，是前生。走遍人间，依旧却躬耕。"

正巧几个孩子过来看他，给他带来了一些家里的吃食。

孩子们唤他，他却像没听见似的，依然继续种他的地，踱他的步，嘴里还碎碎念着什么。

苏迨和苏过想继续唤他，被苏迈给叫住了："你们别喊了，爹听不见的。"

苏迨不解："爹爹他聋了吗？"

苏迈叹了口气："比聋了还可怕呢。"

年纪最小的苏过说："爹爹一定是老了，才会听不见我们说话。"

话音刚落，苏轼猛地转身，怔怔地望向三个儿子，意味深长地点点头："老了，老了啊！吾老矣，寄余龄。"

除了东坡，苏轼还常去一个地方，那便是岐亭。

早在前往黄州的路上，他便听说，自己之所以会被

191

派去那里，是因为朝廷上的一些人以为黄州附近有他的"仇人"，那人一定不会让他好过。

一日正赶路过岐亭，一个骑着马的年轻人从远处奔来，拦住了苏轼一行的去路。

"苏先生请留步。"年轻人作了个揖，"我家主人的屋舍就在附近，想请先生进去一坐。"

苏迈一向谨慎，对苏轼说："爹爹，这荒郊野岭的，别是山中土匪吧？"

苏轼见来者衣着正经、样貌端正，便问："你家主人和我认识吗？"

"认识，算是旧相识。"

苏轼笑了笑，对苏迈开玩笑说："看来是我的'仇人'找来了，咱们就去会一会吧。"

山间确有一处屋舍，绿树遮阴、墙角生花、袅袅炊烟升起，朴实中带有几分精巧。不等苏轼走近，屋舍的主人已迎了出来，满脸欣喜："苏兄，我可算把您等来了！"

苏轼仔细一瞧，这不是陈慥吗？

陈慥是凤翔太守陈希亮之子，两人当时在凤翔以兄弟相称。陈慥一身正气，颇有几分游侠气，只是在仕途上缺了些运气，索性看淡名利，安心过上了随性的隐居生活。

　　"原来是季常老弟！我知你隐居在楚地，没想到就是这个地方！"苏轼喜不自胜。

　　"我算准了您今天到这里，于是叫人前去迎接。"陈慥将苏轼请进厅堂，一桌的好菜已经摆好了。

　　坐下后，苏轼见桌上摆着鹅肉、鸭肉，惊讶地问陈慥："这都是为我准备的？"

　　旁边的下人解释说："家主为了接待苏先生您，专门从村里捉来了鸭和鹅。"

　　苏轼与陈慥碰杯，开起了玩笑："我正觉得奇怪，为什么这两天，附近走地的禽类见我就躲。季常老弟盛情款待我，我感动万分，但专门为我杀生，苏某于心不忍。下次见面，老弟备上小菜和薄酒就好。"

　　陈慥回道："好，听苏兄的！"

　　在黄州期间，苏轼又去了岐亭拜访陈慥三次，陈慥果然不再杀生，准备点小酒小菜，两人每次都能聊到大半夜。

定风波

宋 苏轼

三月七日，沙湖道中遇雨。雨具先去，同行皆狼狈，余独不觉，已而遂晴，故作此词。

莫听穿林打叶声，何妨吟啸且徐行。竹杖芒鞋轻胜马，谁怕？一蓑烟雨任平生。

料峭春风吹酒醒，微冷，山头斜照却相迎。回首向来萧瑟处，归去，也无风雨也无晴。

第十二章

回

京

在黄州待了一两年后，苏轼或者应该说苏东坡愈发活出了生活的真意。这里没有钱、没有权，但吃住自在、远离政治，交到的好友也越来越多。他庆幸在每次仕途不顺时，总有好地方愿意收留他、治愈他。只可惜，弟弟苏辙被贬得太远了，自上次一别，再也未能见面。

他依旧爱出游，若能在途中喝上点小酒，就更好了。

一个明媚的春日，苏轼一行赶往黄州东南方三十里的沙湖，岂料半道下起了雨。不巧的是，负责拿雨具的仆人有事先离开了，一行人被雨淋湿，略显狼狈，顿时乱作一团。

他们有着急赶路的，有商量去哪儿避避雨的，等扭头一看："咦，苏先生呢？"

此时的苏轼正走在人群的最后，全身上下被雨淋湿，帽檐也滴答滴答地往下淌着水，但他拄着竹杖，优哉游哉地徐步向前，嘴里还像是吟诵着什么。

"苏先生，请走快一点吧！我们找个地方避避雨。"随行的人喊道。

"不用在意那些穿林打叶的雨声，这种小事有什么可怕呢？这样走着，反倒胜过骑马了，颇有点'一蓑烟雨任平生'的淡然之境了。"苏轼回道。

大家知道他的性情，便都不去打扰。

春风吹着，春雨打着，苏轼觉得自己的酒醒了大半，身子微微感到寒凉了。前方山头上的斜阳已挣脱云层露了出来，让他有些恍惚，再回头，望向刚才历经风雨的来路，他突然露出了笑脸，就好像感觉太阳在对他笑一样。

那一瞬间，他释怀了很多，无论是天气还是心情。

是风雨还是晴，并不那么重要了。

跟在一旁的仆从听见苏轼的嘴里吟出了那句"回首向来萧瑟处，归去，也无风雨也无晴"，不禁也停下来望了望来时的路，动容地想：苏先生又将有一首广为传唱的作品了。

后来，友人还邀请他去参观古战场"赤壁"。他欣然答应，尽管他知道，此"赤壁"非彼"赤壁"，只不过当地有一处山石耸立在江边，山为红色，周围的百姓误以为这就是赤壁之战中的"赤壁"。

对苏轼而言，是不是真的赤壁又有什么关系呢？

他站在赤石脚下，见陡峭绝壁、惊涛拍岸，仿佛昔日的英雄人物就在眼前。

"此情此景，苏先生想到了什么？"友人见他半天无话，询问道。

"想到了周瑜。"

友人眉头一皱说："为何偏偏是他？"

"遥想公瑾当年，小乔初嫁了，雄姿英发。羽扇纶巾，谈笑间，樯橹灰飞烟灭。"苏轼叹了口气，"曾经我也有如周瑜般少年得志、建功立业的理想，而如今……"

苏轼没有再说下去，但他将没说出口的话写进了词里：

"故国神游，多情应笑我，早生华发。人生如梦，一樽还酹江月。"

再后来，他还试图用庄子随缘自然、超然达观的处世哲学来排解自己内心的苦闷。再去赤壁下泛舟游玩时，虽然仍叹息于人太过渺小，如同蜉蝣存在于浩瀚的天地之间，但他从另一个角度宽慰了自己和友人：

"且夫天地之间，物各有主，苟非吾之所有，虽一毫而莫取。惟江上之清风，与山间之明月，耳得之而为声，目遇之而成色，取之无禁，用之不竭。是造物者之无尽藏也，而吾与子之所共适。"

船上的人们听完都开心了起来，他们一边念叨着"不愧是苏子瞻啊""这嘴可真能说啊"，一边吃光了盘中菜，喝光了杯中酒，相互枕靠着睡到了天像鱼肚般发白发亮。

那一晚，他们的确尽情享用了大自然赠予的宝藏。

不久后的一个夜晚，临皋亭格外热闹，院子里聚集着家里人，他们都来回走动、神色紧张，时刻关注着南边那间亮着灯的小屋。

临近凌晨时，屋内终于传来了婴孩的啼哭声，院子瞬时沸腾了起来。苏轼迎来了第四个儿子。

"朝云呢？朝云怎么样了？"苏轼焦急地问。

王闰之将婴儿抱出来，脸上总算有了笑意："朝云也没事，就是太累了，需要休息。"

王朝云是苏轼在杭州任职时救下的女孩，一路跟着苏轼到黄州，如今成了苏轼的妾室。

怀抱着这个来之不易的儿子，苏轼差点喜极而泣。年近半百的他回望自己的过往，又看到襁褓中崭新的生命，感慨万千。他为儿子取名为"遁"，乳名叫"干儿"。"遁"取自《易经》中第三十七卦，是远离政治旋涡，消遁、归隐之意。

第二天，他去东坡种地时，照旧用小棍在牛角上打着拍子，教农夫们唱《归去来兮辞》，只不过脸上难掩笑意，一举一动都透露出前所未有的开心。

"苏先生这是怎么了？有什么好事吗？"农夫们纷纷询问。

苏轼便将这件大喜事告诉了他的农民朋友们："我的侍妾朝云，为我生下了一个小儿子！"

大家听后惊呼一片，纷纷送上了祝福。

苏遁满月时，他更写诗一首："人皆养子望聪明，我被聪明误一生。但愿生儿愚且鲁，无灾无难到公卿。"

一个名一首诗，足以见他避世的决心。

汴京宫里，宋神宗正望着苏轼的一首词出神。每年中秋，这首词都会被传唱，这年中秋，终于唱到了神宗的耳边。

当读到"我欲乘风归去，又恐琼楼玉宇，高处不胜寒"，宋神宗眯了眯眼睛，问一旁的太监："这句分明是在说想念朕、想念朝廷啊！"

太监迟疑了一阵儿，说："奴才觉得，苏子瞻可能是在说……"

"你看这'琼楼玉宇''高处不胜寒'，不正是说的皇宫吗？他欲'乘风归去'，却又归不去。"

"可是奴才觉得……"

"哎呀！朕怎么早没看到这首诗呢。"神宗摸了摸自己的脑门，摸出了一种为时已晚的遗憾，"看来，苏子瞻对朕还是一片忠心的。"

太监再不敢吱声了。

元丰七年（1084 年），朝廷的消息传来时，苏轼正在雪堂的西边挥锄、挖坑，将几棵橘子树的树苗种上。是的，苏轼后来在东坡附近又建了几间房，建成之日恰逢大雪，苏轼便大笔一挥，取名雪堂。这几棵橘子树苗是前几天在好友家做客时看到后要来的，孩子们喜欢吃橘子，不如自己种上几棵。

听闻皇帝感念自己对朝廷的贡献，要把自己调到一个更富饶的城市——汝州，职位同样是团练副使，只不过那里离京城更近，苏轼内心没有半点喜悦，他舍不得东坡、雪堂、临皋亭，心疼自己亲手种下的粮食、花草。他更不愿割舍这份难得的清静和淡泊。

就在他已经决心做一介农夫时，有人却要收回他的土地。

到底要不要继续留在黄州呢？苏轼纠结了几天，直到王朝云的一句话点醒了他：

"老爷想要当忠臣，也想当农夫。农夫在哪里都能开垦种地，忠臣却不是在哪里都能当的。"

这句话如一盏明灯，照亮了苏轼心底的答案，他决定要为自己的不甘再试一试。

离开一个地方的流程大抵相似，无非是收拾行李、安置物具，好友们争相来访，临行前聚会……

陈慥送苏轼到九江，临别不忘叮嘱好友："到了新的地方，少说话、少见客，避免祸从口出、引火烧身啊！"

苏轼点头惜别："等我在那边安顿下来，就来找你骑马云游。"

苏轼在黄州最义正词严的上书，是写给鄂州太守朱康叔的，抨击当地杀害女婴的陋习。他还成立了一个救儿会，号召更多人给穷苦的家庭和婴儿捐钱捐物，因此当地的百姓很感激他。

许多人到东坡附近的雪堂为苏轼送别，从太守到百姓，从文人到农夫，形形色色，让他百感交集。一转眼在黄州安居已四年多了，孩子们都会说楚地的方言了，眼前这些老邻居、老朋友依依不舍的神情深深印在了苏轼的心里。

此次到汝州赴任，苏轼终于有机会去筠州看望苏辙，兄弟俩已四年未见了。

　　苏辙身体不佳，于是叫几个儿子到八里地外迎接伯父。苏轼见侄子们都长这么大了，特别高兴，一路上询问他们的近况。

　　苏轼到了弟弟家，发现这里比过去在陈州的住处好不了多少。再看苏辙，像是胖了一圈，但仔细一看，其实是脸部有些浮肿了。

　　"子由，你的身体怎么样？"坐在厅堂的茶台前，苏轼有些担忧地问。

　　"最近事务繁忙了起来，加上天气变化，身体有点儿吃不消。"苏辙答。

　　"当酒监这么辛苦？"

　　"我这个职位本来有三个人，我一来，其他两个人就调去别的地方了。我白天要负责监管市区的盐、酒买卖，还要收一些税。夜里回到家已经筋疲力尽了，倒头就睡，天一亮，醒了又出去工作。"

"哎……都怪我，怪我连累了你们。"

"兄长干吗这么说，我从未怨过兄长半分。你我于朝廷都是小小的棋子，天南海北任由摆布。"

"真想在这里跟你多住些时日啊！但这次不行，我只能待上六七日。"

"兄长一定过完端午节再走吧，我们能一起过的节日越来越少了。"

短短几日的相聚，兄弟俩仿佛有说不完的话，他们还像年轻时一起出门游玩，却彼此感慨体力都大不如前，酒没喝多少就会沉沉睡去，不由得相互打趣道："这下是真的老了。"

他们约定好下次一定多聚些时日，珍惜还走得动、喝得下、聊得动的年岁。

与家人们在九江会合后，苏轼一行来到了金陵。

正值夏天，当地的天气热得可怕，人走在街上，仿佛置身于一个巨大的蒸笼。偶尔下的一场雨，也只会让蒸笼里更加闷热难忍。

还不到一岁大的幼子苏遁生了病，咳嗽气喘，小脸涨得通红，怀疑是患了暑病。一家人毫无游乐的兴致，每天待在客栈里，想着法子避暑降温。

　　这天，苏轼刚回到客栈，就听见二楼传来众人哭泣的声音。他立马奔上楼去，见仆从们站在屋外擦拭眼泪，几个孩子也大哭了起来。

　　"怎么啦？谁告诉我啊？"苏轼焦急万分。

　　他随着声音来到了朝云的屋外，内心的不安越积越多。直到推门进去，他内心的最后一丝侥幸被彻底浇灭了。

　　前几天还在他怀里嬉笑的小儿子在母亲怀中安然地睡着，可惜却永远也唤不醒了。

　　他缓缓地从王朝云的手里接过儿子，恋恋不舍地看着。半晌，他对朝云说："让干儿先入土吧，他大概忘拿了什么东西，到天上取了就又回来了。"

　　王朝云的目光依旧呆滞："就算回来，也不再是我的干儿了。"

幼子的夭折，让苏轼和家人们都备受打击。再加上路途遥远，钱财已竭，他实在无力赶往汝州任职，只想找个地方先安顿下来。

苏家人一路缓慢北上，到泗州时，苏轼突然想到自己离开杭州时，曾在常州宜兴买了田地，这几乎是他唯一的地产了。于是苏轼多次给宋神宗上书，表达了自己想留在常州居住的想法。

等他们到达南都时，神宗的批准总算下来了。苏轼连忙接了旨，立马掉转船头直奔常州而去。他想，辗转半生，常州就是他最后的家了，可是朝堂上风起云涌，苏轼渴望的安定并没有那么容易。

仅一年不到，宋神宗突然病逝，十岁的宋哲宗继位，背后听政的是坚定的变法反对者高太后。她很快便决定起用司马光等人，苏轼自然也在其中。

元丰八年（1085 年），苏轼在奉命知登州五天后，被召回朝廷任礼部郎中，后又升为起居舍人（从六品）、中书舍人（正四品）、翰林学士（正三品）。

忙活了大半辈子的苏轼终于体验到了平步青云的感觉，回到了权力的中心，更靠近皇帝的位置。

没多久，苏辙也被召回京。这距离兄弟俩上次一同在京中任职，竟已过去了十六年之久。

苏辙初入宫时被任命为右司谏（正七品），很快也升到了中书舍人的位置上，和兄长苏轼一样，办公室靠近皇帝、皇宫，需要随时待命，常常觉都睡不好。

正月里的一日，已辞官告老的原宰相韩绛回京观灯，在朝的旧友和门生们听说后纷纷前去拜谒，其中就有苏家兄弟。早在苏轼和苏辙入京应试时，韩绛就对他们关照有加，虽然他任宰相时并没有反对王安石变法，但这并不影响他在二人心中的形象。

那天，韩绛府里格外热闹，宴席数桌、歌舞升平。

开席好一会儿了，有人才匆匆忙忙地赶来。大家一看，原来是开封府知府钱穆父。

"实在抱歉，还望韩公和各位大人海涵。"钱穆父一进门就赔不是，"今天公务有点多，一把事情做完，我就马不停蹄地赶来了！"

韩绛的心里多少有点不快，觉得钱穆父所言不过是借口，恐怕看自己已不在宰相的位置上，怠慢自己才是真的。

　　韩绛对钱知府的道歉表现冷淡，其他人也不敢接这个话茬，场面一时冷了下来，显得分外尴尬。为了缓和气氛，苏轼笑着开口道："一定是今天殿里烧香的人太多，所以才把您这位九子母菩萨的丈夫给留住了吧？"

　　沉默了几秒后，众人哄堂大笑。

　　原来，当时的京城里有一座九子菩萨祠，香火很旺，菩萨的旁边还有一尊男人的雕像，于是百姓都开玩笑说那是九子菩萨的丈夫。而钱穆父正好也有九个孩子，苏轼就以此来戏称钱穆父。

　　"子瞻，就你话多，就别再拿我打趣了。"钱穆父嘴上说着求饶的话，内心却十分感激好友为自己解了围。

　　大家这么哈哈一笑，尴尬顿消，韩绛也就不再追究了。

　　回京后，苏轼和苏辙两兄弟忙于政务，如今好不容易稍微放松一下，与韩绛一阵寒暄交谈过后，他们坐在厅堂一角，自顾自地聊起来。

"听说你最近正忙着上书骂人呢？"苏轼问。

"变法这十几年，民力凋敝，海内愁怨。大臣蔽塞聪明，逢君之恶；小臣贪冒荣利，奔竞无耻。这些人根本不配继续待在朝廷里。"

如今，朝堂上重新起用了当初反对变法的一派官员，然而当初不顾朝廷、百姓实际情况，坚定支持新法的蔡确、韩缜、章惇、吕惠卿等人依然在位，这让苏辙很是不满。作为谏官，他数次言辞激烈地上书，请求追究这几个人的罪责。

苏轼瞥了一眼就坐在自己斜后方的韩缜，他是韩绛的亲弟弟，低声劝道："咱要不小声点儿？"

苏辙却一副无所谓的样子："我既然敢上书，就不怕别人质问。他韩缜不学无术也就算了，还把我国七百多里的土地划给了契丹，让边疆的百姓有家不能回。他就该以死谢罪！"

苏辙的声音并不小，坐在他们身后的韩缜多少听到了。他对苏辙冷笑道："你在外面待了这么多年，听了一些假消息也正常，我不怪你，但你也不能血口喷人啊。"

"假的真不了，真的也假不了。我对你细数的罪状，每一条都有证可查！"苏辙毫不畏惧，"你敢说从未收受契丹一钱的贿赂吗？你敢说你在秦州没有用铁裹杖棰杀人吗？如果我说的都不属实，那就拿出你的凭证，立刻把我的话扳倒！"

韩缜被驳得无话可说，求助地望向哥哥韩绛，而后者早已装没看见，到另一个房间会客了。

一旁的苏轼对弟弟的拍案而起震惊不小，在他印象中，苏辙虽刚直，但通常不喜欢明枪明箭地攻击，除非，他真的生气了。

怕场面进一步恶化，苏轼赶紧拉着弟弟离开了"战场"。无人的角落里，苏辙也渐渐冷静下来："兄长，我错了。"

苏轼责骂的话都到了嘴边，看着蔫头耷脑道歉的弟弟，最终还是不忍心苛责，叹了口气道："你小子，可真敢说啊！"

苏辙闻言一脸正色道："我身为谏官，职责所在，他们确实罪有应得。"接着又小声嘀咕了一句，"何况，他们当初排挤你的时候，可没留过情面。"

后面那句声音太小，苏轼没太听清，也不深究了。虽然有些担忧，但他相信弟弟心中必定是有分寸的。

东府雨中别子由

宋 苏轼

庭下梧桐树，三年三见汝。 客去莫叹息，主人亦是客。

前年适汝阴，见汝鸣秋雨。 对床定悠悠，夜雨空萧瑟。

去年秋雨时，我自广陵归。 起折梧桐枝，赠汝千里行。

今年中山去，白首归无期。 重来知健否，莫忘此时情。

第十三章　告別

由于汴京的南园早已被卖掉，苏轼回京后住在百家巷，离东华门很近，上朝很方便。

一日，苏辙去家中找哥哥，正巧碰上章惇也在。此时的章惇是知枢密院事（正二品），之前王安石变法时，他是旗帜鲜明的变法派，如今司马光上位，想要废除所有新法，遭到了他的强烈反对。

"之前你为何在大殿上跟司马光吵起来，是因为他要恢复差役法？"苏轼问。

"司马光立法只图快，理论上本就有很多自相矛盾之处，他偏偏置若罔闻。我忍受不了，才条条驳斥他。"章惇答。

"那你为什么不在他打算颁布差役法的时候提出来呢？一定要等到施行一段时间了，才到皇帝面前去骂他？"苏轼很不理解。

"若还没有施行我就反对，说出来有多少人信呢？"章惇辩驳道。

"哼，我看你是想报私仇，才挑个当着皇上面儿的机会，借机羞辱司马相公吧！"苏辙跨进门去，毫不留情地斥责章惇。

"子由你来了，快坐，有话好好说嘛，都是朋友。"苏轼微微出汗，只希望一回京就火力十足的弟弟能悠着点。

"我可不是报私仇，你休要血口喷人！"章惇反驳。

"差役之利，天下所愿，贤愚共知，行未逾月，四方鼓舞。你今天反对差役法，如果国家有战事发生，你能负得起这个责任吗？"苏辙步步紧逼。

"差役法施行了一段时间，确实出现了一些问题，这可不是我编的吧？"

"呵呵，那可多亏跟你沆瀣一气的蔡京了，他表面上要求五天内推行差役法，让司马相公都夸他。实际上不按规定推行，私加暴政，让百姓痛恨差役法，好达到明褒暗贬的目的。"

"哦？还有这种事？"苏轼此时又觉得弟弟说得有道理，"那自然是不行的。子厚，新法大势已去，但咱们可以总结经验，找到最适合如今的新政。"

章惇被左右夹击，苦不堪言，没一会儿就要告辞了。他勉强维持着礼貌："子瞻，我有事先走了，下次空了再约。"

　　待章惇走后，苏辙终于"得空"坐上了木椅。苏轼命家仆新上了一壶茶，看着弟弟掺着凉水几下就喝完了，打趣地说："我怎么以前没看出来你吵架这么厉害呢？"

　　被这么一夸，苏辙反倒不好意思起来："我吵架就没厉害过，但遇到不吐不快的话，就怎么都憋不了。"

　　"我估计啊，这章子厚最近是不敢来家里了。"

　　"对不起，兄长，是我莽撞了。"

　　"没事儿，我跟他在政见上一直都相左，但当初我被关在乌台时他仗义执言，我始终念他的恩情。"

　　"那兄长对恢复差役法是什么看法呢？"

　　苏轼迟疑了一下："我反对新法，是因为新法太激进。但也觉得，兼行二帝忠厚励精之政，未尝不可。忠厚而不偷，励精而不刻，新法里的政策也不能全盘否定。适合现在的办法，依然可以继续用。"

也只有在弟弟面前，苏轼才能完全无顾忌地说出自己的真实想法。

"那兄长是站在司马相公这边？"

"我不站在任何一边，司马相公将新法一概否定，我也觉得不可。但我人微言轻，还想不出什么好办法。"

"我也认为司马相公、吕公著等人虽然有忧国之志，但不能胜任国事。"

苏辙一直待到下午才告辞，苏轼打着哈欠跟他告别："我去睡会儿，子由，空了常来啊！"

"听嫂嫂说，兄长近来很喜欢小睡？"

"那当然，小睡之美，无物可比。"

在之前新法派掌权的十几年里，王安石在科举考试中废除了诗赋明经各科，只考查考生读经义、写策论的能力，引起了很多学子的不满。新法废除后，司马光同年便主张恢复诗赋取士。

苏轼一听大喜，跟很多朋友都提到了这件事。当他告诉苏辙时，苏辙却持保留意见："是从今年就开始吗？"

"听说是的，你知道司马相公那个人，做什么事都雷厉风行的。"苏轼答。

"恢复诗赋是好事，我只是觉得，推迟一年再施行会更好。"

"为什么呢？"

"会诗赋虽然不算是什么大本事，但你我都知道，它需要勤学苦练、长期积累。我认为至少要给考生一年的时间准备，今年就开始，时间太紧迫了。"

苏轼沉思了一会儿，点点头："子由，我觉得你说得有道理。"

苏家兄弟此次奉旨回京，而且都在朝廷中担任要职，但他们一刻都不轻松。由于时刻保持着中立的态度，他们俩在朝廷中的处境有些尴尬，既被变法派憎恨，又无法与反变法派为伍。这种现在看来极为珍贵的辩证的思维态度，反倒让二人成了当时最被孤立的一派。

苏辙回京不到半年，司马光就因为积劳成疾去世了，对于这位反变法派的"首领"而言，大概做梦都想追回这错过的十五年。

而对于苏轼、苏辙两兄弟而言，他们清醒地看到，未来或许还会有更多个十五年，而他们已经等不起了。

由于上奏的建议越来越少被皇帝采纳，反倒会引起对立派的攻击，苏轼的奏议越来越少，在大殿上也愈发沉默。

一次，他无奈地对苏辙说："我现在做的事情，任何人都能做，真是愧对我的官职。"

元祐三年（1088 年）五月一日，苏轼、苏辙正巧同一天转对。

宋朝的"转对"是指所有的朝廷官员，轮流上朝汇报工作，每次限两人。这样的巧合并不容易，因为官员的数量还是不少的。

当时已升任户部侍郎（从三品）的苏辙正处于病中，瘦弱得连束腰都戴不上了。前一天晚上，听着夜雨声忘记了睡觉，第二天带着一双疲倦的黑眼圈入宫时，才发现哥哥与自己同一日转对。

苏轼不由得笑了："这世上的巧事这么多！"见苏辙依旧咳嗽不止，他担忧地问，"你的病怎么样了？"

"还是老样子，不碍事。"苏辙摇摇头，让苏轼放心，"兄长今天可有要事汇报？"

苏轼无奈地摇着头："没什么好说的，都是些翻来覆去的闲杂事。"

元祐年间的政治斗争依旧复杂，反变法派的内部又分裂为几个党派，苏轼作为"蜀党"的一号人物，屡次被攻击。一个月里，弹劾他的奏折就有几十份。

元祐四年（1089 年），苏轼多次请求外任的申请终于得到了批准，以龙图阁学士（正三品）的身份出知杭州。

共事了三年多后，兄弟俩又要分开了。

苏辙想起父亲还在世时，兄长第一次去凤翔任职，也是他留在京城，可那时候还有父亲陪伴，如今却只留他一人。

越是这种时候，越是要打起精神，苏辙在内心给自己打气，从小都是哥哥护着他，这次轮到他为哥哥撑起一片天了。

苏轼去杭州不久，苏辙被改任为吏部侍郎，后又任翰林学士、知制诰，在一定程度上，算是接替了哥哥的职位。

但苏辙始终无法高兴起来。他知道，不同于上一次年轻时离开朝廷的不甘，哥哥这次是心灰意冷地相信了宿命论离开的。而哥哥的现在，很有可能也是他的未来。

同年八月，苏辙被任命为"贺辽生辰使"出使契丹。路上正值重阳节，他分外想念远在杭州的苏轼，于是给哥哥写了一封信：

> 黄华已向初旬见，白酒相携九日尝。
> 萸少一枝心自觉，春同斗粟味终长。
> 兰生庭下香时起，玉在人前坐亦凉。
> 千里使胡须百日，暂将中子治书囊。

收到信的苏轼看出了苏辙内心的不情愿，但他认为弟弟正是为国家立功之时，"子复辞行理亦难"。因此他安慰弟弟，一路上可以看到北方壮观的要塞，路过易水时，还能投赠诗文，凭吊燕太子丹。

苏辙同样看出了哥哥对自己的牵挂，这在哥哥的来信的叮嘱中已经展露无遗：

云海相望寄此身，那因远适更沾巾。
不辞驿骑凌风雪，要使天骄识凤麟。
沙漠回看清禁月，湖山应梦武林春。
单于若问君家世，莫道中朝第一人。

分隔两地的二人又开始了漫长的通信。苏辙在异域通信不便，有时哥哥的信会推迟两三个月才能收到。但这并不能浇灭苏辙向哥哥分享的热情，他恨不得把在契丹的每一天都记录下来，告诉哥哥。

出使契丹的沿途，苏辙惊讶地发现，哥哥在契丹简直是"红得发紫"。

契丹的大街小巷，随处可见拿着一本苏轼诗集的行人走过，还有很多小贩正拿着一沓纸质很差的盗版书售卖。

回到驿馆，苏辙刚放好行李，一抬头又看见墙壁上也题写着苏轼的诗文，这让他哭笑不得，没想到在遥远的契丹，他还能以这样的方式与哥哥"会面"。

与王室成员或当地人聊天时，若对方得知他是苏轼的弟弟，都会惊讶地张大嘴，热情地向他打听关于哥哥的事情。

苏辙只得在信中告诉苏轼：

谁将家集过幽都？逢见胡人问大苏。
莫把文章动蛮貊，恐妨谈笑卧江湖。

苏轼看到这首诗也是哭笑不得。

苏辙相信苏轼二任杭州一定是"如鱼得水"，事实上，确实如此。苏轼一回到这里，就马不停蹄地修建医馆、疏浚盐道、修建西湖，让城中的人用上了放心水，百姓们对他都赞不绝口。

但仅一年多的时间，元祐六年（1091 年），苏轼又被调回京城，可是迎接他的是政坛一场又一场的腥风血雨。

此时苏辙已升为尚书右丞（正二品），位同副相，他们明白，只要兄弟二人同在京城任职，就一定会遭人妒忌、遭到诋毁。无奈之下，苏轼很快再次请求外派。

苏辙挽留道："兄长比弟弟职位高是天经地义的，这次该换我外派地方，兄长安心留在京城就好。"

苏轼闻听此言，无奈地叹了口气，弟弟以为官职是块点心吗，能让他这么让来让去的。

不管过了多少年，站在什么样的位置上，苏辙在兄长面前，始终都保持着一颗天真的赤子之心，一切都以哥哥为先。

苏轼对此又如何不知，他只能坚持道："他们的攻击对象是我，即使你走了，我也不会好过。相反，地方上的百姓更需要我。"

不久，五十五岁的苏轼再度离京上任，先后辗转了颍州、扬州。

元祐七年（1092年），苏轼第三次被召回京，任端明殿学士（正三品）、礼部尚书、兼翰林侍读学士。自收到诏令开始，他就不断向朝廷上书请辞，说自己"闻命悚恐，不知所措"，谦虚地表示"宠禄过分，衰病有加，故求外补"。他还说自己宁愿出守"重难边郡"，只要不回京就行。

看似不求名利、扎根地方，事实上是苏轼真的怕了，也厌倦了。毕竟京城里那么多老仇人，一旦自己回京，弹劾就绝不会少。

不愿回京的另一个原因还有宋哲宗。苏轼给皇帝陪读多年，虽有师徒之谊，却政见不合，他的教诲，皇帝没听进去多少，固执己见，脾气倒是长了不少。他预感到哲宗一旦脱离高太后的管束，很快就会听信谗言，重新起用新党。

然而苏轼一路走、一路推辞，宋哲宗一直都不接茬，最后无奈，他还是回京任了职。

此时的苏辙官居门下侍郎（正二品），在住所等候哥哥多时，他没有想到与哥哥会这么快就重逢。见哥嫂一家风尘仆仆地赶回来，他的内心也是百感交集。

"恭贺兄长升迁回京。"苏辙恭敬地向哥哥行了一礼。

　　"哎，子由，你我又何必客套呢？"厅堂里，苏轼喝下一口茶，将帽子取下，脸上的褶皱里仿佛都藏着灰尘，"我不过是随波逐流的浮萍，漂到哪里并不由我决定。"

　　"兄长是担心，那些不怀好意的人看高太后年事已高，皇上又倾向变法派，所以把你叫回来当靶子？"

　　"我现在还不能确定究竟是谁最想让我回来，只能走一步看一步了。"

　　"对了，我刚见嫂嫂脸色蜡黄，是生病了吗？"苏辙问。

　　"旧疾了，在颍州复发后就没完全好起来。"

　　"我明天请郎中过来看看，我的药都从他那里来，效果还不错。"

　　"有劳贤弟了。"

　　"兄长可别这么说，举手之劳。"

　　此次回京，官位为苏轼入仕以来之最，但也是他最不开心的一段日子。短短几年时间，他不断申请外派又被召回，饱尝奔波之苦，然而朝堂上的党派斗争却依然此起彼伏，没个消停……

一日，苏轼独坐在书房里，到吃饭时间了也没出来。仆人叫了好几次，他都像没听见似的。

王闰之亲自盛好一碗饭菜，端着进到房间，放在书桌上。她见苏轼面前摆放着几页写了半截的上奏材料，但作者的心思明显已不在这上面了。

她对正愣神的丈夫说："你肠胃一向不好，趁饭菜热着，赶紧吃了吧。"

苏轼抬头看看妻子，又看看饭菜，还是没有动筷子的想法，反倒问妻子："如果我说，想在京城为官，你觉得如何？"

王闰之答："挺好。"

"那我如果想离开京城，归隐养老，又如何？"

"也挺好。"

"你真觉得无所谓？"苏轼有点认真地问。

王闰之也很认真道："对于官人而言，要考虑的大事很多。但对于我来说，照顾好你和孩子，守住一个家是最重要的。在京城还是在山里，有什么区别呢？"

"我真的累了，想住在一个安静的地方，江南也好，山里也罢。有几间破草屋、几亩田地，能填饱肚子就行了，如果还有书读、有酒喝，就是人生大幸了！"

王闰之笑了："这还不容易吗？官人为什么烦恼？"

"是啊，这不是很简单的事吗？"苏轼也笑了，"我继续申请退隐，只要皇帝恩准，咱们就去过陶潜那般的好日子！"说完他将碗端了过去，大口地吃了起来。

可惜，苏轼终究没来得及实现与妻子的归隐之约，王闰之的病情突然恶化，很快病逝了。两位爱妻的先后离世，让苏轼甚至开始控诉命运的不公，京城也再次成为他的伤心地。

王闰之死后的那几夜里，苏轼一闭上眼，就会回想起妻子弥留之际和自己的对话：

"本以为比你小这么多，一定可以伺候你到老，结果我却要比你先走了。"

"我这辈子最后悔的事，就是你被抓进乌台时，烧掉了你的文稿和书籍。我愧对于你。"

苏轼泪流满面，连连安慰："我怎么会怪你呢？你只是想烧掉'罪证'，保住我的命！"

"其实，我很怀念在黄州的日子。我们就像最普通的农民夫妻那样，清贫但踏实，一直那样该多好。

"抱歉，没办法陪你归隐了。在你的'东坡'上，给我留一处安身之地吧。"

······

苏辙前来安慰哥哥，见他在棺木旁悲叹道："曾不少须，弃我而先。孰迎我门，孰馈我田？已矣奈何，泪尽目干！"苏轼擦了擦眼泪，交代给苏辙："等我死后，把我和她葬在一起吧。"

一个月之后，对苏家兄弟很重要的一个人也去世了，她便是重新起用旧党派官员的高太后。在她死后，旧党派特别是苏家兄弟失去了最后一道保护屏障。

挣脱了祖母束缚的宋哲宗对"元祐之治"的老臣们

没什么好印象，他很快成全了苏轼出知"重难边郡"的愿望，让他去知定州。

离开前，苏轼需要入宫与哲宗告辞，这算是朝廷要臣离京前的重要流程。眼看出发的时间临近了，通知却还没有来。苏轼一问，哲宗才找了个理由说："大家都挺忙的，就不用当面告辞了。"苏轼闻言苦笑一声，摇了摇头。

朝廷动荡，好友们贬的贬、躲的躲，苏轼只在临行前去往东府跟苏辙告别。

他见苏辙庭院里的那棵梧桐树在秋雨中新洁如初，不由得想到去年秋天，自己踏着秋雨从扬州归来，今年秋雨时，又将踏上去定州的路了，而这一去，恐怕久久看不见归期。

锅下的柴火烧得噼里啪啦响，似乎想赶走萦绕在空气中久久不散的水雾。

苏轼对宋哲宗感到十分失望，但他感念高太后的知遇之恩，言辞恳切地将自己对国家和政治的一些建议整理成一份奏章，呈了上去。

"我能做的也只有这些了，剩下的，看天、看命吧。"

苏轼长叹一声，"你要照顾好自己和家里人，万事小心。"

"兄长放心，其实我也已经有所准备了。若真到了那一步，也正好图个解脱。"

临出门前，苏辙折下一根梧桐枝丫，递给苏轼："我知道兄长很喜欢这棵树，不如留个念想吧。"

苏轼用微微颤抖的手接过树枝，心中的难过如潮水般涌来，让他鼻子发酸。他这一年哭得不少，历经数次离别，这回他很想控制住自己的情绪，和弟弟豁达地告别。然而，这根梧桐枝却一下子戳中了苏轼的泪腺，他瞬间模糊了双眼。

"重来知健否，莫忘此时情。子由，保重！"苏轼不敢再多说，转身冒着细雨离开了。

望湖亭

宋 苏轼

八月渡长湖，萧条万象疏。

秋风片帆急，暮霭一山孤。

许国心犹在，康时术已虚。

岷峨家万里，投老得归无。

第十四章

ヨ　路

苏轼猜得没错,他被贬定州后不久,苏辙也被贬汝州,离开了京城。

宋哲宗亲政后,支持变法一派,苏轼作为旧党派的代表人物,开启了一贬再贬的旅程。昔日的好友章惇这次没有再为他说话,苏轼成了旧党派中被贬谪到岭南的第一人。

连降了几级官后,苏轼改派到广州以东的惠州任宁远军节度副使(正八品)。苏轼只听闻岭南荒蛮,而且要跨越险峻的大庾岭,于是有意将家眷都安顿在宜兴,只带两个儿子赴任。

这一路贬途虽然天公作美,晴朗少雨,但对于五十几岁、腿脚已不太利索的苏轼来说,艰难程度是不小的。加上他愁闷难解的心情,只得把想说的话写进诗里。朝云担心他又说错话,他却说:"我已经被贬到最低处,还有什么可怕的呢?"

路过洞庭湖时正好是凉秋,苏轼泛舟于长湖之上,远眺湖亭之景,他顿时感到萧瑟孤单,仿佛疾风笼罩下,全世界只剩这一艘小船。

苏轼认为此情此景,与自己的处境正巧融为一体,于是作诗一首：

> 八月渡长湖，萧条万象疏。
> 秋风片帆急，暮霭一山孤。
> 许国心犹在，康时术已虚。
> 岷峨家万里，投老得归无。

他对王朝云说："朝云啊，你曾说我装着满肚子的不合时宜，这形容妙啊！如果不是这样，又怎么会被世界抛弃呢？"

王朝云答："老爷只是被朝廷抛弃，并没有被这个世界抛弃。如果世界都抛弃您了，您又怎么能在这湖面悠闲地划船呢？"

听了王朝云的话，苏轼豁然开朗，心情好了不少。

初到惠州，这个从未踏足过的地方却令苏轼欣喜不已。

地方官吏们并不明白苏轼犯了什么事，纷纷夹道欢迎这位文坛巨匠的到来。百姓们也很友好，贡献出了自家酿制的美酒来款待贵客。这里四季如春夏，遍地种着瓜果蔬菜和从未见过的植物花草。

刚到惠州时，苏轼住在惠州东门楼，那里位于东江、西江的交汇处，窗外便是景，犹如仙境一般。苏轼为此景作诗：

> 海上葱昽气佳哉，二江合处朱楼开。
> 蓬莱方丈应不远，肯为苏子浮江来。

后搬到过嘉祐寺和白鹤峰，都是风景宜人之所。在白鹤峰住时，苏轼坚信自己再无回北方之日，于是穷尽一生的积蓄，安心地买地、建房、挖井、种树，希望能在这里安度余生。他甚至不敢种小树苗，一来怕不好成活，二来担心小树还没长成大树，自己就死去了。

宁远军节度副使这个官职其实并无具体职责，闲来无事的苏轼，开始安心地出游和交友。

苏轼无论在哪里，都能结交到一群朋友，谁不喜欢和这样一个达观又有趣的人成为朋友呢？

于是，不是今天谁拎着酒来拜会他，就是明天他提着鱼和菜到谁家屋里"借厨房"。总之多跟吃食有关，也多跟饮酒有关。

苏轼的隔壁住着一位擅长酿酒的姓林的老妇，能让他随意赊酒喝。为了表示感谢，他在家门口挖了一口水井，供林老妇使用，也算是为酿酒做出了些许贡献。

而且，岭南的荔枝便宜又美味，一下子俘获了苏轼的心。他作诗道：

> 罗浮山下四时春，卢橘杨梅次第新。
> 日啖荔枝三百颗，不辞长作岭南人。

为了每天都能吃到荔枝，他宁愿一直住在惠州。

苏轼最庆幸的是，无论自己去哪里，朝云都会在家里等他。遗憾的是，朝云不太适应岭南的气候，一直生病不愈，每天除了念佛就是煎药，外出的时间很少。即便这样，朝云依旧很关心丈夫的心理变化。

一个秋日，她见苏轼难得孤坐在小院儿里，愁眉不展、心情低落，便想上前安慰。

"老爷可有心事要跟我说说吗？"

苏轼见是朝云，神情放松了下来："朝云啊，你还记得我写的那首《蝶恋花》吗？我想听你唱。"

朝云不再多言，整理了一下衣角，清了清嗓。她本就是歌妓出身，技艺不减，但由于常年生病，嗓音已不如以前：

> 花褪残红青杏小。燕子飞时，绿水人家绕。
> 枝上柳绵吹又少，天涯何处无芳草！
>
> 墙里秋千墙外道。墙外行人，墙里佳人笑。
> 笑渐不闻声渐悄，多情却被无情恼。

这首词看似写春景，实则写愁绪，在苏轼心中，也只有朝云的嗓音和唱腔能配得上它的缠绵悱恻、婉转动人。他闭上眼睛，听得入迷。

朝云的声音多了一些变化，吐字也开始有些不稳。苏轼睁眼，见眼前人已是泪眼婆娑、沾湿衣襟。

"朝云，你怎么了？"

"我每次唱到'枝上柳绵吹又少，天涯何处无芳草'这两句，就难过得不能继续。"

苏轼反倒笑了："我正在悲秋呢，原来你还在伤春。"

朝云也笑了："我正伤心呢，老爷偏又要打岔，如今我是哭不得也笑不得了！"

到惠州两年后，朝云便因病去世，还不到三十四岁。三任妻子的相继离世，让苏轼不得不开始相信这是命运开的玩笑："伤心一念偿前债，弹指三生断后缘。"

朝云走后，苏轼将《蝶恋花》的文稿藏了起来，更不许其他人再度唱起。

绍圣四年（1097 年）初，苏轼倾尽所有，为自己量身打造的白鹤峰"养老房"总算正式落成了。房子依山傍水、耕田充足，非常符合一个陶渊明崇拜者的"田园"向往。

他迫不及待地规划好灌溉路径，种上粮食蔬菜、花草果树，再往院儿里摆上几把藤椅。这还是朝云的主意，她知道老年的苏轼喜欢在凉爽季节里，晒着太阳午睡一会儿。

苏轼坐在藤椅上，却连一个能唤的女眷都没有了。他不仅想到了朝云，也想到了自己的前面两位妻子，她们三人都姓王，都对他很好，这是绝妙的巧合。只可惜，她们都先他而去，最终还是留他一人。

好在新居并没有冷清太久。那段时间，正巧大儿子苏迈被任命在附近为官，带着一大帮后辈前来惠州看他。白鹤峰上顿时夜灯长明、热闹非凡，屋里飘荡着欢声笑语。

苏轼对儿子们说："这就是我想要的老年生活。漂泊一生，这或许就是我命的归宿吧。你们没事的时候，提壶好酒来看看我便是。"

可是，"命运"什么时候放过他了呢？

远在京城的新党派却依旧没有放过苏轼。一日，章惇看到一首苏轼写的新诗《纵笔》：

> 白头萧散满霜风，小阁藤床寄病容。
> 报道先生春睡美，道人轻打五更钟。

忍不住拍案道："看来他过得还挺舒服的嘛！那就派他去更远的地方，我看他还怎么悠闲酣睡！"

阖家团圆的日子还没过上两个月，一封圣旨就摆在了苏轼的面前。跪着听罢，他大脑一片空白，甚至连站起来接旨的力气都没有了。

苏轼此次的被贬之地是位于海南岛的儋州。若说之前他是元祐党人中的"被贬岭南第一人"，如今他又成为"被贬出海第一人"。

当时的海南岛偏远荒凉，自然条件非常艰苦，去往那里可以说是九死一生。

朝廷官员见苏轼已老态尽显，于心不忍，但不得不提醒道："宰相敦促苏大人尽快动身，不可停留。"

苏轼接过诏书，无力地点了点头，在儿子的搀扶下坐到了椅子上。他回头望了望刚刚竣工的新房新院，一阵阵辛酸涌了上来。

几天后，苏轼简单收拾了一些行囊，将家人们安顿在惠州。因苏迈和苏迨都另有公事，他只让小儿子苏过同行。

临行前，子孙们等待着他交代些什么。他只有寥寥几句：

"我这一去，肯定是不能活着回来了。"

"我到海南的第一件事是做棺材，第二件事是挖墓地。"

"你们也不用漂洋过海来给我扫墓，未来就相互扶持吧。"

"我死后，别忘了找人给你们的叔叔带个信，让他给我写墓志铭。"

此时的苏轼并不知道苏辙已在被贬岭南雷州的路上，

他话音刚落，后辈们在江边哭作一团，好好的一次团聚，竟变成了生离死别。

要南渡去海南，需先行船到梧州，再从雷州半岛上船。

苏轼一行就快到达雷州，见路边有一茶馆，便打算歇个脚、喝口茶。刚坐定，店小二便出来招呼，言语中得知坐在自己面前的正是鼎鼎大名的文豪苏轼，忍不住操着浓重的方言惊呼："今天是什么好日子呀？您的弟弟前脚刚从我这儿离开，您后脚就来了！"

"子由来过？"苏轼来了精神，激动地问小二，"你确定是苏子由？"

"那当然，我听见他们说话了，那位苏大人是去雷州上任的。而且……"店小二再次打量着苏轼，"苏大人，您和您的弟弟虽然高矮胖瘦不同，但仔细看，还真挺像的。"

"他走多久了？"

"也就不过……大半天的样子，估计现在已经到滕州城了。"

苏轼猛地从木凳上站了起来，把苏过吓了一跳："叔党，你叔还没走远，咱们快去追！"

苏过忙扶住他，劝慰道："爹爹，我知道您着急，但这天色眼看就要暗了，我们要先找个晚上的住处。既然知道了叔叔的目的地，那今晚我们就先进滕州城里住下，明天再找也不迟。"

苏轼听儿子说得有道理，冷静了许多，又缓慢地坐了下来，喝干了杯子里的茶水，脸上难得露出了笑意："真是天意啊！让我在去那座孤岛之前，还能见到子由，亲口交代身后事！"

"爹爹，咱们会活着回来的。"苏过不想听他说丧气话。

"你当然是要活着回来的！"苏轼强调道。

第二天，三年未见的兄弟二人在初来乍到的滕州城里终于相逢。苏辙惊讶得合不拢嘴，苏轼则步履蹒跚地奔过去，一把抓住弟弟的胳膊，感慨和委屈的眼泪这才止不住地流了下来。

苏辙接到诏令出发时，朝廷尚未下令将苏轼贬到儋州。他以为哥哥还在惠州的养老房里儿孙绕膝、自得其乐，而不是满脸风霜地出现在自己面前。

两人上次见面时，苏辙的身体不是很好，因此苏轼首先留意起弟弟的身体状况。他见弟弟面色红润、神采奕奕，放心了不少。

苏轼对一旁的史氏说："子由看上去康健了不少，其中一定有弟妹的功劳！"

史氏谦虚地笑着："我就不邀这个功了，他这几年操心的事情少了，心里舒坦了，身体自然就好了。兄长您还好吗？"

没等苏轼开口，苏过抢先了一步："爹爹的腿脚可利索了，昨天要不是我拦着，他就要连夜追你们来！"

说着大家都笑了。

滕州到雷州距离不远，但兄弟俩用了二十多天才缓慢"挪"过去。一路上依然有说不完的话。

"我在儋州，你在雷州，尚能隔海相望，也算是蒙了圣恩啊！"苏轼看似洒脱，但苏辙能看出他内心的酸楚。

"也不知道我们还能不能再一起回到眉山。"

"眉山也好，常州也罢，都不是我们可以自己抉择的。自从走上了这条仕途，就注定了不会再有归路。"

"兄长后悔吗？"

"天其以我为箕子，要使此意留要荒。老天安排给我的一切，我都欣然接受，并不后悔。"

苏轼说这话时无比认真，他知道，这恐怕是与弟弟的最后一次见面。说罢，他抬头，却见苏辙的眼泪已从深陷的眼窝里涌了出来。他微微一惊，有些无措地安慰道："子由，想开点，也许过几年后，海南也变成我的家乡了。"

苏辙不愿多言，站起身来，用袖口将眼角的泪擦拭干净，佯装平静地说："当地有一个先贤庙，里面供奉的是征南二将军的神像。过海的旅客都去那里求神谕，当地人说特别灵。我先去那边张罗一下，兄长待会儿也过去求个吉日吧。"说完就走开了。

苏轼的第一次海上航行历时不到一个月，这个过程并不美好，在海上晕船的感觉和在江河里完全不同，尤其是在看不见岸的时候，他向儿子描述，自己已经"眩怀丧魄"了。

儋州县官张中和苏轼上岛的时间相近，初次见面时，差点激动得把偶像的双手给捏碎。

当得知苏轼一行人还在为一个稳定的居所焦头烂额时，他立即命人将自己公馆旁边的官舍打扫出来，又自己花钱添置了不少物品，请苏轼住了进去。

从那以后，张中一下班就喜欢往苏轼屋里跑，送点吃的喝的，再聊聊天、吟首诗。

这日，张中在苏轼屋里喝完茶出来，见苏过一人在院子里，专注于眼前的一个棋盘。

"爱下围棋？"张中走近了问。

苏过抬头见是张中，立刻起身行礼，并解释道："这边没人跟我下棋，就自己琢磨琢磨。"

"苏大人不下棋吗？"

苏过眼观四周，低声说："我爹下得不好，找他没意思。"

"哈哈哈！"张中被逗乐了，"那我跟你下棋如何？"

苏过眼中发亮："您也爱下棋？想必是高手。"

"我也喜欢下棋，至于高不高手，你可以试试嘛。"

苏轼半夜起床如厕，见隔壁屋里尚有昏暗的灯光，灯光下的两人正专心对弈，笑道："叔党总算找到棋友了！"

张中起身说："苏先生请。"

苏轼摆摆手："我下棋不行，在一旁观战就行。"于是苏轼便陪着二人下棋，不知不觉睡着了，直到被秋雨的声音惊醒。

见二人仍兴趣盎然，天已微微发亮，苏轼撑着伞去外面走走，不知不觉地登上了家附近的一处山坡，朝中原的方向远眺。雨中的海水是阴沉诡谲的，仿佛除了眼前这座孤岛，这世界再无其他。

雨渐渐停了，阳光透过薄雾般的云层洒下来，均匀地洒在了苏轼的帽檐、面颊、衣角。他全身上下都觉得舒服，甚至尝试着开始相信，他依然有重回中原的一天，就像阳光没有放弃他一样，他也应该心存希望。

回到家，见张中和苏过二人各顶着两个黑眼圈，将他的床搬来搬去，不时还商量着什么。

"两位干吗跟我的床较劲？"

见苏轼回来了，张中忙道歉说："对不起苏先生，是我疏忽了。秋雨一来，才知道这房顶漏雨，雨水都把您的床打湿了。我们先给您的床挪个地方，今天我就叫人来修屋顶。"

"哈哈哈，很好，很好。"苏轼突然笑了起来，让张中和苏过摸不着头脑，"看来雨水也没有放弃我，连夜给我打招呼来了。"

和张中同住的时光，算是苏轼在海南岛最惬意的一段。

可是好景不长。一日返家时，苏轼见一个一身官衣官帽的陌生人正站在屋院门口，眼神如毒剑般来回扫视自己的房间。而一旁的张中正冲他微微摇头，大气都不敢出。

这个人是湖南提举常平官董必派来的小吏，董必在广西察访时听说苏轼身为有罪之臣竟然还有官舍居住，十分不满：

"什么时候罪人也可以住在官舍里了？"于是，便派了一个小吏过海查看。

张中见状急忙解释说："苏大人初来乍到，这边房屋紧缺，所以让他在这里过渡一下。"

小吏听罢转向苏轼道："苏先生大名鼎鼎，追随者众多，但你现在毕竟是有罪之人，还希望你自己心里有数。"

苏过想上前掰扯，被苏轼一把摁住了。他勉强挤出一丝笑意："大人说得是，苏某这就收拾东西搬出去。只是张县官是可怜我年岁已大，才给我一个地方住，还希望大人不要怪罪于他。"

苏轼被赶出了官舍，只能在海边的椰林里暂时休息，张中也因此被罢了官。

临行之前，苏轼请张中喝自己酿的酒。那一晚他们聊了许多，因为都知道，这一别，此生或许不能再见面了。

苏轼的脑海里想起苏辙为了劝他戒酒，在雷州时常念叨陶渊明《止酒》里的诗句："徒知止不乐，未知止利己。始觉止为善，今朝真止矣。从此一止去，将止扶桑涘。清颜止宿容，奚止千万祀。"

但他不想管这么多了，此刻他只想喝个痛快。

搬离官舍后，苏轼的生活真的是"食无肉、病无药、居无室"，只能在海边的椰林中修建了几间茅屋以避风雨。

虽然条件有限、生活艰苦，但当地百姓、左邻右舍，甚至追随他来到海南的学生们都对他诸多照顾，送菜、送肉、送酒。小孩儿们也知道这个老爷爷特别有趣，喜欢跟在他的身后跑来跑去。

苏轼在海南还发现了"生蚝"这一绝顶美味，为了独享这一美食，他还告诫小儿子苏过千万别将生蚝的秘密说出去，不然北方的官员也学他被贬到海南，和他抢这道美食。

苏轼无论在哪个被贬的地方都能找到令他欣喜热爱的美食，他对生活的热爱和积极的人生态度，也令他无论走到哪里，都造福着一方的百姓。

为了回馈百姓，年迈的苏轼仍身体力行地开设学堂讲学；带着农民改进农具，传授种植经验；亲自为百姓看病抓药，丝毫没有架子。

苏轼在儋州，将陶渊明的诗作看了又看，也写了不

少"和陶诗"。还将过去编写的《易传》《书传》《论语说》
等再度翻出来反复打磨修改。

当地人开玩笑说："苏公就像是所有人的老师，带
动着大家更爱学习了。"甚至可以说是凭借一己之力带动
了整个海南岛的文化发展。这样的评价并不是毫无依据，
在苏轼去世的第八年，海南岛出了历史上第一位进士。

连官方文献《琼台记事录》也为他正名："宋苏文
忠公之谪儋耳，讲学明道，教化日兴。琼州人文之盛，实
自公启之。"

就这样，苏轼在儋州待了三年有余，直到元符三年
（1100 年）宋哲宗去世，他的命运又一次，也是最后一
次发生了扭转。

宋徽宗即位后，政治的天平再次向元祐党倾斜，苏
轼也终于盼来了回迁的消息。为了不打扰到当地百姓，
苏轼特意选择在漆黑安静的夜间出发。他穿着一身黎人
的服饰离开了海南岛，一路北归，一路见故人，一路忐
忑不安。

在路途中，苏轼收到了苏辙的来信，邀请他一同到颍昌居住。诗中的"桑榆末影，复忍离别"二句让苏轼无比动容，他几乎决定奔颍昌而去。但冷静下来，他又担心自己的一家多口给本不富裕的弟弟带去沉重的负担，也担心朝廷那边再出变数，于是最终决定暂居在常州。

他无奈地给苏辙写信，解释了不能前去的缘由，并感慨道："逾年行役，且此休息。恨不得老境兄弟相聚，此天也，吾其如天何！然亦不知天果于兄弟终不相聚乎？"

北归的路途大多都在船上度过，湿气异常厉害，再加上在岭南染过瘴病，还没到达常州，苏轼就病了，这一病就反反复复，再也没好起来。

严重的时候，他"虚乏不能食，口殆不能言"，此时的苏轼已经年逾六旬，身体每况愈下。

这期间，苏轼或许已对自己的身体状况有所预判，状态稍有好转，他就去做一些重要的事情。

他与好友米芾出游，这位大画家是他在绘画方面最好的知己。

他到靖江拜祭了堂妹和堂妹夫，他们的早逝曾让他痛哭流涕。

他认真回了章惇儿子写给他的道歉信，开头便是："某与丞相定交四十余年，虽中间出处稍异，交情固无所增损也。"

他看到了李公麟为他作的画像，用颤巍巍的手为其题诗：

心似已灰之木，身如不系之舟。

问汝平生功业，黄州惠州儋州。

身边人好奇是否藏有深意，他答道："人老了，记性不好，首先想到的罢了。"

他特地叫来好友钱世雄，对他说："我在儋州，完成了《论语》《尚书》《易经》三书的注解，我将它们托付于你，一定要妥善保存。现在还不能让人看到，但三十年后，它们一定会得到重视的。"

病重的最后时日，他已无力再给苏辙写信，只好留言给亲友："我最恨的是，自从和子由雷州一别，就再不能见面，如今也不能当面诀别，实在是痛上加痛！但你们要转告给他，把我葬在嵩山之下，记得给我写墓志铭，一件好事都不能漏掉啊！"

完成这些事后，六十四岁的苏轼总算可以安心地休息了。

祭亡兄端明文

宋 苏辙

呜呼！手足之爱，平生一人。幼学无师，受业先君。兄敏如我愚，赖以有闻。寒暑相从，逮壮而分。涉世多艰，竟奚所为。如鸿风飞，流落四维……

兄之文章，今世第一。忠言嘉谟，古之遗直。名冠多士，义动蛮貊。流窜虽久，此声不没。遗文粲然，四海所传。《易》《书》之秘，古所未闻。时无孔子，孰知其贤。以俟圣人，后则当然。丧来自东，病不克迎。卜葬嵩阳，既有治命。以子孝敬，阁留于行。陟冈望之，涕泗雨零。尚飨。

第十五章

最后
的信

崇宁二年（1103年）正月的一天，寒风呼啸，苍雪漫天。年过六旬的苏辙站在自家屋前，望着仆人们打扫院落。除夕和初一热闹过后，小院儿很快恢复了平静，这也与他不喜交际和喧闹有关。

　　小孩儿喜欢过年，老人却未必。苏辙宁愿眼见着这些大红又喜庆的痕迹被一点点清理掉，世界只剩下雪白。

　　恍惚间听到有人叩门的声音，没等苏辙确认，一仆人已灵活地冲了过去。

　　木门吱呀地敞开，门口站着一位衣着书生大褂、戴一顶高而方正的巾帽的中年人，身披残雪，炯炯有神的眼睛在一片萧瑟中格外明亮。

　　来人一眼看到了苏辙，连忙拜见道："姜某冒昧来访，还请苏先生见谅！"

　　当时的苏辙刚迁居到汝南，无论他迁居到哪里，慕名前来拜会的人都很多。往日若是苏辙在屋内，像这种突然来访的陌生人，大多会被仆人以各种理由劝退，比如苏先生不舒服、苏先生出门了、苏先生很忙……

　　而这次被撞了个正着，苏辙正寻思着如何脱身，又见来者神情恳切，便礼貌问道："来者便是客，请问有什么事吗？"

来者伸出冻得僵硬的双手，从行囊中小心翼翼地取出一件被丝绸包裹的东西，笨拙又细致地将丝绸层层打开，露出了一把纸扇。

"苏先生，姜某这次来，是为了这把扇子，这上面有东坡居士的诗作。"

苏辙瞬间清醒，急忙往前走了几步，眼睛始终没离开过那把扇子。

"请问先生从哪里来，叫什么名字？"

"我叫姜唐佐，海南琼山人，曾经师从于东坡先生。"

"原来你就是姜唐佐！兄长在来信中曾夸赞过你，说你'文气雄伟磊落，倏忽变化'，在品行上'气和而言道，有中州人士之风'，是进士之才啊！"

苏辙热情地把姜唐佐请进屋里，命人烧火取暖，支架煮茶。

姜唐佐恭敬地递上扇子，苏辙将其慢慢展开，见纸扇上确有哥哥熟悉又亲切的字迹，两句诗为："沧海何尝断地脉，白袍端合破天荒。"

"苏公在儋州时，我慕名前去求学，在他身边求教了半年，受益良多。他鼓励我去考取功名，这也是我一直以来的目标。" 姜唐佐解释说，"我去广州参加应试前，求苏公赠诗一首，他只题写了前两句，说将来等我中了进士，再将这首诗补齐。可如今我中了举人，苏公却无法为我题诗了……"

眼前的姜唐佐泪眼婆娑，让苏辙再次泛起了麦芒扎心般的痛楚。哥哥去世这一年多里，这种痛楚总被自己抑制，除非再次翻看他的诗，瞥见他的画，或者在别人那里听说到他。

"多谢你千里迢迢，让我见到了这把扇子。我能为你做些什么呢？"苏辙问。

"姜某有一个不情之请，不知道苏先生是否愿意，请您代苏公帮我补齐这首诗吧。"姜唐佐恳求道。

苏辙沉默了片刻，叹声道："我的诗远不及兄长，按理说不该提笔，但我相信兄长一定希望这首诗能够完整。"

他将纸扇平放在案前，提笔续写：

> 生长茅间有异芳，风流稷下古诸姜。适从
> 琼管鱼龙窟，秀出羊城翰墨场。沧海何曾断地脉，
> 白袍端合破天荒。锦衣他日千人看，始信东坡
> 眼目长。

苏辙写罢，又观摩了许久，才缓缓抬起头来："要
是兄长见到如今的你，该是多么高兴啊。"

一年多前，突然得知兄长离世的苏辙在一周内瘦了
一圈儿。当从传信人那里知道，兄长临终前点名让他为自
己写墓志铭，既觉得理所应当，又迟迟不愿面对："在最
痛苦的时候，还要亲手记录下兄长的生平，这让我怎么下
得了笔啊！"

这段时间，苏辙按照苏轼的吩咐，平静地料理后事、
安葬兄长，用自己的资产全力资助几个侄子。将这一切完
成，他的心也被掏空了。

浑浑噩噩过了一段时间后，一日，小儿不知如何从床底的旧箱子里，翻出了一沓兄弟俩曾经的书信。这些书信被家人贴心地压在箱底，唯恐苏辙看到后再度伤心。

　　见到这些熟悉的纸张和墨迹，苏辙突然瘫坐在地上，痛哭流涕，不准许任何人进屋劝扰。

　　曾经与兄长书信往来、相互支撑的那段日子从记忆中奔涌而来，它们折磨着苏辙，同时也赐予了他某种神秘的力量。

　　把想说的话写下来吧，兄长会看到的。

　　苏辙艰难提笔，忍痛写了两三行后，内心逐渐平和起来。他似乎找到了慰藉自己的最佳方式，似乎在纸笔的另一头，兄长正在焦急地期待着。

　　他聊到了小时候：

　　　　呜呼！手足之爱，平生一人。幼学无师，受业先君。兄敏我愚，赖以有闻。寒暑相従，逮壮而分。

他聊到了在这沧桑人间的相互扶持：

> 呜呼！天之难忱，命不可期。秋暑涉江，
> 宿瘴乘之。上燥下寒，气不能支。启手无言，
> 时惟我思。念我伯仲，我处其季。零落尽矣，
> 形影无继。嗟乎不淑，不见而逝！号呼不闻，
> 泣血至地。

也聊到了自己和家人的不舍永别：

> 丧来自东，病不克迎。卜葬嵩阳，既有治命。
> 三子孝敬，罔留于行。陟冈望之，涕泗雨零。

祭奠了苏轼后，他担心兄长亡魂孤独思乡，后来又
作文，安慰兄长说，虽然埋葬的地方离故乡还远，但家人
们就在周围，不必感到孤单。

> 颍川有苏，肇自兄先。呜呼！尚飨。

这些是苏子由写给苏子瞻的，最后的信。

图书在版编目（CIP）数据

春山夜雨：苏轼与苏辙 / 与桉著 . —— 北京 : 中国
友谊出版公司 , 2025.7. —— ISBN 978-7-5057-6115-5

Ⅰ . I25

中国国家版本馆 CIP 数据核字第 2025VD7946 号

书名	春山夜雨：苏轼与苏辙
作者	与桉
出版	中国友谊出版公司
发行	中国友谊出版公司
经销	北京时代华语国际传媒股份有限公司　010-83670231
印刷	三河市宏图印务有限公司
规格	880 毫米 × 1230 毫米　32 开
	8.5 印张　137 千字
版次	2025 年 7 月第 1 版
印次	2025 年 7 月第 1 次印刷
书号	ISBN 978-7-5057-6115-5
定价	52.00 元
地址	北京市朝阳区西坝河南里 17 号楼
邮编	100028
电话	（010）64678009